P의 도시

n°
13

문학에서 발견하는
무한한 좌표들,
은행나무 시리즈 n°

P의 도시

문지혁 소설

은행나무

차례

프롤로그

열한 시 삼십사 분.

허드슨 파크웨이에 들어선 나는 속도를 높였다. 차 아래쪽에서 그르렁거리는 엔진 소리가 들려왔다. 밤의 고속도로가 고요하게 빛났다. 늦어도 열두 시 전에는 도착할 수 있을 것이다.

맨해튼 시내를 통과하는 길 대신 우회로를 택했다. 95번 고속도로를 따라가다가 화이트스톤 브리지를 건너 퀸스로 들어가는 경로였다. 다리를 건널 때 저 멀리 화려한 맨해튼의 야경이 눈에 들어왔지만 지금은 풍경

따위를 살필 겨를이 없었다. 중요한 건 오직 하나, 아내의 행방뿐이었다.

열한 시 오십칠 분.

마침내 퀸스 플러싱 메인 스트리트에 도착했다. 한인 타운이 가까운 탓에 이곳저곳에서 한국어 간판들이 보였다. 내비게이션을 끄고 주위를 둘러보며 천천히 차를 몰았다. 동양인으로 보이는 남녀가 있으면 창문을 내려 얼굴을 확인했다. 눈이 마주친 행인들에게서 차가운 시선이 돌아왔다. 이런 식으론 밤을 새워도 찾지 못할 것 같았다. 나는 방금 검은색 SUV가 빠져나간 자리에 서둘러 노상 주차를 하고 차에서 내렸다.

메인 스트리트를 따라 걷다가 발길 닿는 대로 골목을 향해 방향을 틀었다. 밤공기가 제법 쌀쌀했다. 체리힐 애버뉴라고 적힌 길 입구에 서서 잠시 그 안을 들여다보다가 안쪽으로 천천히 걸어 들어갔다. 길은 점점 좁아지며 어두워졌고, 불이 켜져 있는 집은 몇 채 되지 않았다. 길의 끝에 도착할 때까지 누구도 마주치지 않았다.

막다른 길에 이르자 잔뜩 눌러온 긴장이 풀리는 기분

이었다. 보라색 밤하늘 아래 솟은 콘크리트 벽은 실재하는 벽이면서 동시에 내 인생에 갑작스레 솟아난 또 다른 벽을 상징하는 것처럼 보였다. 그녀는 어디로 간 걸까. 녀석은 어디에 있을까. 가슴이 답답해졌다.

　벽에 기댄 채 뒷주머니에서 담배를 꺼내들었다. 술을 마신 것도 아닌데 몸이 자꾸만 흐느적거렸다. 막 담배에 불을 붙이는 순간, 어딘가에서 탕! 하는 총성이 들렸다. 나는 연기가 피어오르는 담배를 손에 든 채 얼어붙었다. 분명 멀지 않은 곳이었다. 탕! 담배를 끄려는 순간, 총성이 한 번 더 울렸다. 나는 담배를 던지고 소리가 난 쪽을 향해 전속력으로 달리기 시작했다.

1

교수 Professor

문을 열었을 때, 아내는 바닥에 주저앉아 울고 있었다.

벨을 눌러도 대답이 없어 노크를 여러 번 하고 이름도 불러보았지만 문은 열리지 않았다. 어쩔 수 없이 열쇠를 꺼내기 위해 양손에 들고 있던 짐을 내려놓고 가방 안쪽을 한참 뒤져야 했기 때문에 들어가면 한마디 하려던 참이었다. 그러나 아내의 모습을 본 순간 나는 목구멍까지 올라왔던 말을 다시 삼켜야 했다. 아내는 처음 보는 얼굴로 서럽게 울고 있었다. 심상치 않은 느낌에 마음이 불안해졌다.

"괜찮아?"

물으며 다가서자, 아내는 미친 사람처럼 손발을 허우적대며 내 손길을 피했다. 놀란 건 나뿐만이 아니었다. 아내는 잠시 울음을 그치고 자신의 손과 발을 내려다보더니, 곧 아까보다 더 큰 소리로 오열하기 시작했다. 절규에 가까운 울부짖음이었다. 나는 누구라도 들을까 싶어 아직 열려 있던 문을 닫고 사온 물건들과 책가방을 정리했다. 그러는 동안에도 아내는 계속해서 꺽꺽거리며 울었다. 목이 갈라져 쇳소리가 났다.

가만히 등 뒤에서 아내를 바라보고 있자니 좀 이상했다. 늘 입고 있는 운동복 차림이었지만 오늘따라 옷은 지저분해 보였다. 하얀색 나이키 티셔츠에는 흙 자국이 여기저기 묻어 있고, 검은색 아디다스 반바지에는 검불이 붙어 있었다. 나는 아내의 울음이 잦아들기를 기다려 물었다.

"무슨 일 있었어?"

그러자 조용해졌던 아내가 또다시 울음을 터뜨렸다. 나는 도저히 지금은 안 되겠다 싶어 화장실로 들어가 샤워를 했다. 물줄기 소리가 아내의 울음소리를 덮고 온기가 머리끝부터 발끝까지 전해졌지만 마음은 여전히 불편했다.

샤워를 마치고 나오자 아내는 기다렸다는 듯 화장실로 들어갔다. 나와는 눈도 마주치지 않은 채 갈아입을 옷가지를 들고서였다. 그쯤 되자 슬슬 짜증이 나기 시작했다. 배도 고팠고 몸도 피곤했다. 평소라면 커다란 토끼가 그려진 예의 그 분홍색 앞치마를 두르고 저녁을 준비하고 있을 그녀였다. 오빠 왔어? 문을 열고 들어가면 그녀는 고개를 돌려 묻곤 했다. 앞치마 속에 속옷만 입고 있는 건 우리만의 은밀한 신호이기도 했다.

그런데 오늘은 달라도 너무 다르다고 나는 생각했다. 한동안 물줄기 소리가 그치지 않더니, 평소보다 훨씬 오랜 시간 후에야 화장실에서 아내가 나왔다. 눈이 퉁퉁 부어오른 것만 빼면 다시 평소의 그녀로 돌아온 것 같은 차림이었다. 나는 괜히 또 뭘 물었다가 다시 울음을 터뜨릴까봐 아무 말도 하지 않고 컴퓨터 앞에서 하던 일을 계속했다. 아내는 거울 앞에서 평소처럼 뭘 찍어 바르다가, 다시 조금 훌쩍이다가, 몇 번의 반복 끝에 자기도 지쳤는지 침대로 올라갔다.

우리가 사는 집은 방이 따로 없는 원룸형 스튜디오였지만, 계단이 있어 침대를 위층에 놓을 수 있는 복층 구조였다. 그녀가 시야에서 사라지자 비로소 마음이 좀 가벼워졌다. 학교에서 들고 온 학부생들 퀴즈 답안지를 채점하고, 이메일을 확인해서 답장이 급한 것부터 대충 써서 보낸 다음, 책을 펴고 예습을 하다가 인터넷 뉴스 몇 개를 클릭해 읽다보니 시간은 어느새 밤 두 시를 훌쩍 넘겨 있었다. 나는 그제야 양치를 하고 계단을 올랐다. 계단 아래에서부터 이어진 복층 난간에는 여느 때처럼 수건이며 티셔츠 따위의 빨래가 걸려 있었다. 낮은 매트리스 위에 잠든 아내의 모습은 평온해서 안쓰러웠다. 조심스레 자리에 눕자 비어 있는 배에서 바람 빠지는 소리가 났다.

아내에게 일어난 일을 알게 된 건 다음 날 아침이었다. 평소라면 한참 자고 있을 이른 아침, 아내는 나를 흔들어 깨웠다.

"도대체 왜 그래?"

결국 짜증을 내며 자리에 앉고 말았다.

"오빠."

"왜."

"나…… 당했어."

"뭘."

"강간."

잠이 싹 달아났다. 아내는 자신이 뱉어놓고도 그 말이 믿겨지지 않는 모양이었다. 금세 눈에 눈물이 고이더니 다시 어제 같은 상태로 돌아갔다. 나는 한동안 무슨 말을 해야 할지 몰라서 꺽꺽거리며 우는 아내를 멍하니 바라보고만 있었다.

"어제?"

아내는 고개를 끄덕였다.

"어디, 아니, 센트럴파크에서?"

다시 끄덕.

"누구야."

그러자 이번에는 고개를 가로로 저었다.

"몰라? 어떤 새끼냐고!"

갑자기 속에서 불덩이 같은 것이 솟아오르는 기분이었다. 평소에 생각조차 하지 않는 욕지거리들이 입안 가득 고여 들었다.

"히스패닉…… 애들이었어. 두 명."

아내는 한참 후에야 입을 열었다. 나는 머리가 지끈거려서 거실층으로 내려가 식탁 위의 타이레놀을 찾았다. 안 그래도 과자처럼 달고 사는 두통약이다. 오늘이라고 해서 특별할 건 없다. 그런 생각을 하며 서둘러 약을 삼키고 다시 위층의 아내에게로 돌아왔다. 짧은 계단을 오르는 동안 머릿속에 별별 생각이 다 스쳤다.

"어떻게 생겼는지 기억나? 경찰서 가면 진술할 수 있겠어?"

아내는 또다시 붓기 시작한 눈으로 나를 올려다보았다.

"지금 그게 중요해? 내가 당한 것보다?"

"범인을 잡는 게 중요하지. 그것들 가만 놔둘 거야?"

"내 기분은?"

"기분은 나도 더러워. 그러니까 잡아야지."

더럽다는 말을 듣자 아내의 눈빛이 흔들렸다. 그녀는 이를 앙다물며 한 음절 한 음절을 곱씹듯 말했다.

"더, 럽, 다, 는, 말, 하지 마. 넌 몰라."

연애 시절, 크게 싸울 때면 그녀는 나를 '너'라고 불렀다. 여느 남자들처럼 나는 여섯 살 어린 여자의 오빠 소리 듣기를 좋아했는데, 어쩌다 오빠가 아닌 '너'가 튀어나올 때면 사안의 경중이나 사태의 맥락에 상관없이 발끈했다. 내가 기억하는 최악의 싸움들은 하나같이 그녀의 '너'로부터 시작되었다.

그러나 지금은 상황이 좀 달랐다. 화가 나고 뚜껑이 열리는 게 아니라 순간적으로 치솟았던 마음이 얼음장처럼 차가워졌다. 그렇지. 지금 중요한 건 강간범을 찾는 게 아니었다. 놀라고 다친 그녀의 기분을 살피는 것이 급선무였다. 그렇지만 그런 생각이 들자마자 곧 처음의 단어가 떠올랐다. 강간. 폭력이나 위협으로 상대방에게 성관계를 강요하는 범죄. 어제 그녀의 옷에 묻어 있던 흙과 초록색 자국들이 떠올랐다. 센트럴파크를 조깅하던 아내에게 검은 그림자들이 다가와 그녀를 완력으로 붙들고 강제로 넘어뜨려 옷을 벗긴 다음…… 또다시 마음이 불같이 뜨거워졌다. 상상할 수 있는 가장 잔인한 방법으로 죽이고 싶은 마음, 주체할 수 없는 살의가 온몸의 신경 세포를 장악했다. 그건 마치 전혀 다른 차원으로 들어선 것 같은 느낌이었다. 나를 둘러싼 공기가 미세하게 변화하고, 지금 이 순간을 통과해 지나가는 시간의 흐름이 미묘하게 뒤틀리는 느낌. 방금 지나친 어떤 문이 닫히고 잠겨 더 이상은 돌아갈 수 없게 되어버린 기분. 분명 익숙한 공간인데도 처음 이곳에 던져진 것처럼 모든 게 낯설었다. 나는 이 낯섦을 어떻게 이해해야 할지 몰라 멍하니 서 있었다. 벌어진 입 안이 자꾸 말라갔다.

"오빠."

마침내 나를 현실세계로 다시 소환한 건 그녀였다. 얼마만큼의 시간이 흐른 걸까. 울음은 잦아든 걸까. 그녀는 한결 차분해진 목소리로 말했다.

"뭐 좀 먹을래?"

버려지기만을 기다리고 있던 냉장고 속 남은 재료를 모아 파스타를 만들어 먹는 동안, 우리는 아무 말도 하지 않았다. 간간히 거기 소금 좀 줘, 라든가 면이 끓어, 같은 말들이 오갔지만 거기엔 아무런 의미도 담겨 있지 않았다. 우리는 기계적으로 늘 하던 순서를 따라 파스타 두 그릇을 만들어 나눠먹었다. 고통의 한가운데에서도 위와 장은 끊임없이 생을 지속할 것을 명령한다. 그런 의미에서 인간의 주인은 뇌가 아니라 위장일지도 모른다고 생각하면서, 나는 그 가늘고 긴 면발을 조금도 토하지 않고 다 먹었다. 그녀 역시 마찬가지였다. 텅 빈 접시들을 개수대에 넣으며 나는 어쩐지 조금 슬퍼졌다.

"내가 어떻게 해줬으면 좋겠니?"

초점 없는 눈으로 노트북 앞에 앉아 있는 아내에게, 한참 뒤 내가 물었다.

"해줄 거 없어."

"미혜야, 그러지 말고……"

"제발."

그녀가 몸서리를 치며 말했다.

"그냥 놔둬."

내가 저녁 수업을 들으러 집을 나설 때까지 아내는 화장실을 두어 번 다녀온 것 외에는 그 자리에서 조금도 움직이지 않았다. 평소에 내가 가장 싫어하는 모습이었다. 제발 인터넷 좀 줄이고, 그 시간에 영어 공부라도 하면 안 될까? 노트북을 박살내고 싶은 마음을 가까스로 참으며 몇 번이나 좋게 말했지만, 그럴 때마다 아내는 도리어 인상을 썼다. 남들이 유학생 와이프 비자를 뭐라고 부르는지나 알아? 식물인간 비자래, 식물인간. 일도 못하고, 공부도 못하는데, 그럼 내가 뭘 해? 내가 오빠 밥해주고 빨래해주러 여기까지 온 줄 알아?

유학생 배우자가 할 수 있는 일이 많지 않은 건 사실이었다. 내가 그녀가 할 수 있는 것보다 항상 더 많은 것을 기대하고 요구하는 것 역시 맞았다. 하지만 넌 밥도 잘 못하고 빨래도 내가 하잖니. 이 말이 목구멍까지 올라왔지만 끝내 말하진 못했다. 처가에서 매달 보내주는 생활비 때문이었다. 아직 졸업 안 한 동생들 학비 대기에도 벅찬 어머니에게, 공부하는 큰아들 생활비까지 대라고 할 수는 없는 노릇이었다. 더군다나 박사는 학비 면제에 꽤 번듯한 생활비도 주니 어머닌 아무 부담 안 가지셔도 된다고 면전에서 큰소리쳐놓은 지 오래였다. 아들 공부가 하염없이 길어지는 걸 염려하던 어머니의 지친 얼굴에 희미한 미소가 번지던 순간이었다. 하지만 막상 와서 보니 뉴욕 물가는 상상을 초월했다. 맨해튼이라 차는 필요 없다 쳐도 매달 학교에서 나오는 이천 달러 남짓의 생활비론 집 월세를 내기도 벅찼다. 생활은 해야 하고, 돈은 없고. 자전거 타고 내려가면 딱 좋을 내리막길을 그리는 통장 잔고를 보며 나는 아내 들으라고 중얼거렸다.

아, 장모님 장학금 좀 받을 수 없나.

비슷한 공부를 하는 또래 중에선 이른바 '장모님 장학금'을 받아 유학 나온 친구들이 몇 있었다. 삼성 장학금도 안 되고 관정 장학금도 안 되면 장모님 장학금이라도 받아야 한다는 우스갯소리를 공공연하게 하던 시절이었다. 지푸라기 잡는 심정으로 던진 말이었지만, 며칠간 아내가 그 얘기를 집에다 어떻게 전할지 무척 신경이 쓰였다. 마침내 두 주 후 장모와 통화하다가 나는 장학금 지원 결과를 전해 듣게 되었다.

"자네 생활비가 좀 그렇지? 안 그래도 미혜가 앓는 소리를 하더라고. 이번 달부터 자네 계좌로 매달 삼천 달러씩 보내주겠네. 타지에서 둘이 궁상 떨지 말고 먹고 싶은 거 먹고 쓰고 싶은 거 쓰면서 살아. 안 그러면 미혜는 힘든 애니까. 시댁 어른께는 얘기하지 말고. 알았지?"

전화를 끊고 나는 아내를 안아주었다. 기뻤지만, 순전한 기쁨은 아니었다. 굴욕이랄까, 부끄러움이랄까, 초라함 같은 것들이 삼천 달러라는 소스 밑에 덮여 기쁨이라는 이름의 샐러드가 되어버린 것만 같았다. 아내와 나는 그 샐러드를 맛있게 먹었다. 그러나 나는 그걸 먹을 때마다 소스 밑에 깔린 나머지 재료들의 맛을 하나하나 분명하게 느낄 수 있었다.

이후 아내는 눈에 띄게 달라졌다. 미국에 온 초기 평생 써본 적 없는 가계부를 쓰며 아껴야 한다고, 모아야 한다고 설레발치던 모습은 온데간데없었다. 내가 학교에 가면 아내는 나를 따라나와 쇼핑몰로 향하거나 약속을 잡아 사람들을 만났다. 그러다 수업이 끝나면 함께 만나 돌아오는 식이었다. 나랑 같이 나왔다 들어가니까 좋지, 오빠? 그녀가 물으면 난 말없이 고개를 끄덕였다. 어딘지 모르게 가라앉는 기분이었다.

지하철을 타고 학교에 가는 동안 나는 넋 나간 사람처럼 허공만 바라보고 있었다. 읽어야 할 책을 절반도 읽지 못해 수업 시간에도 반쯤은 딴 세상에 가 있는 사

람처럼 멍하니 앉아 있었다. 한국에서 학교 다닐 때와
는 또 달랐다. 여기선 정신을 놓는 순간 언어 밖으로 튕
겨져 나가기 일쑤였다. 한 단어라도 놓치지 않기 위해
필사적으로 기울이던 귀를 잠시 느슨하게 하는 것만으
로도 나는 열댓 명이 빙 둘러앉아 있는 교실에서 쉽게
고독해질 수 있었다.

　돌아오는 길, 학교 근처 일식집에 들러 초밥과 사시
미샐러드를 샀다. 어차피 밥해먹을 정신은 둘 다 없을
게 뻔했다. 아내가 늘 먹고 싶어 하지만 나는 비싼 가격
에 엄두가 안 나 한 달에 한 번 이상은 가지 못하는 곳.
이걸 보면 그녀의 기분도 조금은 나아질까 싶어서였다.
　똑똑.

　문을 열면 뭐라 첫마디를 건네야 할지를 고민하며 노
크했지만, 안에서는 아무런 기척이 없었다. 금세 불안
한 느낌에 사로잡혔다. 어제의 기억이 되살아나 나는
짐을 내려놓고 서둘러 가방을 뒤져 열쇠를 꺼냈다. 자
꾸 손가락이 떨려 열쇠를 꽂는 데 애를 먹었다. 뛰어 들
어가듯 문을 열자 거실층에는 아무도 없었다. 나는 계
단을 두 칸씩 올랐다. 아내는 컴퓨터도 전등도 끄지 않

은 채 위층 침대에 누워 있었다. 울다 잠이 들었는지 매트리스 옆에는 구겨진 화장지들이 잔뜩 뒹굴었다. 나는 긴장이 풀려 계단 벽에 기댄 채 눈을 감았다. 실처럼 가느다란 한숨이 흘러나왔다.

"밥 먹자. 스시 사왔어. 응?"

정신을 차린 아내를 데리고 내려와 초밥과 샐러드를 먹기 시작했다. 일본인 주방장에게 특별히 부탁한 참치 뱃살과 장어 초밥을 아내는 별말 없이 먹었다. 입이 짧아 깨작거리던 평소에 비하면 오히려 잘 먹는 편이었다.

"재밌는 거 좀 볼까?"

다 먹은 접시를 치우지도 않고 그대로 앉아 있는 아내에게 말했다. 아내는 나를 쳐다보지도 않고 고개를 끄덕였다. 나는 얼른 우리가 매주 빼놓지 않고 보는 한국 예능 프로그램 몇 개를 다운 받기 시작했다. 인터넷 천국인 한국과 달리 여기선 뭘 좀 받으려면 한참을 기다려야 했다. 그사이 아내가 일어나 쌓여 있는 설거지 쪽으로 다가갔다. 나는 그녀를 겨우 말려 위층으로 올려보냈다.

"잠깐만 쉬고 있어. 설거지 하고 나서 부를게."

고무장갑을 끼고 며칠 쌓인 그릇들을 닦는 동안 머릿속으로 별별 생각이 다 들었다. 지금도 그렇지만 앞으로가 더 문제였다. 언제까지 이런 식으로 살아야 할까. 범인은 찾을 수 있을까. 찾는다 해도 뭐가 달라질까. 어떤 일이 일어났고, 더 이상 돌이킬 수 없으며, 그로 인해 뭔가가 달라졌다면. 어쩌면 그건 영원할지도 모른다는 생각이 들자 아득해졌다.

다행히 설거지만큼은 영원하지 않았다. 위층에서 침대에 앉아 책을 뒤적이고 있는 아내를 불러 함께 컴퓨터 앞에 앉았다. 예능 프로그램의 PD가 된 것처럼 오늘 방송에서 재미있고 웃긴 이야기들이 많이 쏟아져나오기만을 바랐다. 우리는 세 개의 예능 프로를 연달아 보았는데, 그중 두 번째 것을 제외하고 첫 번째와 세 번째가 다행히 평소보다 더 재미있는 편이었다. 아내는 중간 중간 소리 내어 웃기도 했고 나와 눈을 맞추기도 했다. 잠깐이지만 모든 것이 제자리로 돌아간 듯한 느낌이 들었다.

그러나 마지막 프로그램이 끝나고 나자 그녀는 다시

가라앉았다. 아내는 말없이 위층으로 올라가버렸다.

"커피 마실래?"

계단 밑에서 물었지만 대답은 돌아오지 않았다.

다음 주까지 내야 할 페이퍼 개요를 작성하고 학교 메일함에 들어가 답장을 몇 개 쓴 다음, 읽어야 할 책 두 권을 번갈아 읽다보니 어느새 새벽 세 시였다. 조심조심 세수와 양치를 하고 위층에 올라갔더니 뜻밖에도 아내는 깨어 있었다. 자다 깬 건지 쭉 자지 못한 건지는 알 수 없었지만, 어쨌든 그녀는 옆으로 비스듬히 누운 채 눈을 뜨고 벽을 노려보고 있었다. 나는 그런 그녀가 측은해 보이기도 하고 또 어딘지 모르게 예뻐 보이기도 해서, 평소 하던 대로 입술을 볼에 가져다댔다.

그러나 내 입술이 닿는 순간 아내는 몸서리를 치며 날 밀어냈다. 평소라면 거기서 그만두었을 텐데, 이상하게 그런 모습을 보자 오히려 그녀와 사랑을 나누고 싶은 욕망이 더 커졌다. 나는 아내의 허리춤에 손을 올려 입고 있던 트레이닝복 바지를 벗기려고 했다.

"하지 마!"

벌떡 일어난 아내가 내 뺨을 때린 건 그때였다. 나는

놀라 그녀를 바라보았다. 그녀의 눈동자 속에서 한마디로 형용할 수 없는 수많은 것들이 나를 노려보고 있었다. 그리고 툭, 툭, 매트리스 위로 물방울이 떨어졌다.

다음 날은 아침 수업이 있어 평소보다 일찍 일어났다. 딱딱한 바닥에 등이 배겼는지 몸 이곳저곳이 쑤셨다. 자고 일어난 침낭을 개고 위층에 올라가보니 아내는 아직 자고 있었다. 어쩌면 자고 있는 척하는 걸지도 모른다는 생각이 들었지만, 깨우지 않고 집을 나섰다. 지하철역을 향해 걸으며 어제 맞은 뺨을 어루만져보았다. 그녀가 날 때린 건 처음 있는 일이었다.

수업 중간마다 자꾸 전화기를 만지작거렸다. 그녀에게 연락이 오지 않을까 싶어서이기도 했고, 전화를 한번 해볼까 싶어서이기도 했다. 하지만 결국 전화기는 울리지 않았다. 머뭇거리다 내가 할 기회도 놓쳐버렸다. 차라리 집에 들어가서 얼굴을 보고 얘기하는 편이 나을 거라고 생각해버렸다.

마음이 복잡해서인지 수업에 영 집중이 되지 않았다. 아내에게 어떻게 말을 해야 하나 한참 생각하고 있는데 교수가 느닷없이 너는 어떻게 생각하니? 하고 물어왔다. 나는 당황한 나머지 혀가 꼬여 영어도 한국어도 아닌 이상한 언어를 내뱉고 말았다. 아무도 웃지 않았지만 모두가 나를 지켜보고 있었다. 그들의 눈에 비친 나는 제3세계에서 온 바보, 그 이상도 이하도 아닐 거라 생각하니 얼굴로 피가 쏠렸다.

수업을 망치고 나오면 기분이 좋지 않다. 처음엔 더 힘들었다. 죽고 싶다고 생각한 적도 있었다. 하지만 지금은 그 단계는 지났다. 아무리 부끄러운 짓을 해도 죽지 않는다는 걸 깨달았기 때문이다.

한 번 비웃고 말라지 뭐.

여전히 기분은 좋지 않았으나 들릴 듯 말 듯 중얼거렸다. 워싱턴 스퀘어파크 쪽에서 센 바람이 불어와 내 희미한 혼잣말을 공중으로 흩었다. 나는 뒤돌아보지 않은 채 지하철역을 향해 걸었다.

돌아갔을 때 아내는 또 문을 열어주지 않았다. 예상했던 대로였다. 미혜야, 미혜야…… 나는 조용히 그녀의 이름을 몇 번 불러보고 짐짓 노크도 해본 다음 그래도 안에서 아무 기척이 없자 가방 바깥쪽에 넣어둔 열쇠를 꺼내 문을 열고 들어갔다.

"여보, 어젯밤엔 내가……"

일부러 큰 소리로 말을 꺼냈지만, 나는 끝을 맺을 수 없었다. 아내의 모습은 집 안 어디에서도 찾을 수 없었다. 나는 그럴 필요가 없다는 걸 알면서도 위층 침실에 올라갔다가, 내려와 부엌에 섰다가, 다시 화장실 문을 열었다가 하는 일을 몇 번이나 반복했다. 그사이 수도 없이 전화를 걸었지만 그녀의 전화는 꺼져 있었다. 한참 후에서야 나는 인정하고 싶지 않은 사실을 인정해야만 했다.

아내가, 사라졌다.

가장 먼저 떠오른 건 공교롭게도 장인과 장모였다. 정확히 사흘 후면 그들은 뉴욕 JFK 공항에 도착할 예정이었다. 지방사립대학의 이사장이자 중견 무역회사의 오너였던 장인은 후계자를 세우고 일에서 손을 뗀 후에야 시간을 냈다. 일 년 만의 첫 방문이었기에 아내는 몹시 들떠 있었다. 매일 밤 관광 루트를 짜서 내게 보여주고, 내가 그다지 흥미를 보이지 않으면 혼자서 골몰하다 다음 날 루트를 싹 갈아치우고, 그런 식이었다. 심지어는 지난 며칠, 지옥 같은 시간을 보내면서도 미혜는 몇 번이나 이야기했다.

엄마 아빠한텐 말하지 마, 절대.

고개를 끄덕이는 것 말고 다른 선택지는 없었다. 그러나 마음 한구석에선 차라리 솔직하게 털어놓고 오시지 못하게 하는 게 낫지 않을까 하는 생각도 들었다.

그런데 그런 그녀가 없어지다니.

나로선 이해가 되지 않았다. 밤이 늦어 자려고 누웠지만 잠도 오지 않았다. 덕분에 내일까지 써가야 할 페이퍼는 고사하고 책조차 펼쳐보지 못했다. 어차피 이백여 쪽 되는 분량이라 몇 페이지 읽다 그만두는 거나 아예 읽지 않는 거나 별 차이 없을 것이다. 눈을 뜬 채로 누워 있자니 귀가 더 예민해져서, 복도에서 조금의 기척만 들려도 불을 켜고 계단을 뛰어 내려갔다. 그때마다 현관문에 붙은 조그만 볼록렌즈로 밖을 내다보았지만 아내는 없었다. 나는 차라리 그녀가 친구들과 클럽에라도 간 것이길 바랐다. 밤새 흥이 나서 연락도 귀가도 잊은 것이길 바랐다. 내일 아침에 불쑥 나타나서, 너무 춤을 잘 추는 사내가 있어 3차 4차를 거쳐 한국식으로 코리아타운에서 해장국까지 먹고 돌아왔다고 자랑스럽게 무용담을 늘어놓아도 아무렇지 않게 이해해줄 수 있을 것만 같았다.

새벽 두 시가 넘어가자 나는 자는 것을 포기했다. 불을 다 켜고 아래층으로 내려와 책상 앞에 앉았다. 가방 속에 곱게 들어 있던 내일 읽어가야 할 책을 꺼냈지만 읽을 수 있을 거라는 생각으로 꺼낸 건 아니었다. 책을 아무렇게나 책상 위에 올려두고 나는 한쪽 발로 의자를 돌렸다. 가끔씩 답답하거나 머리가 복잡해지면 나오는 버릇이었다. 속도가 제법 빨라져 눈앞이 빙글빙글 돌면 머릿속에 가득 들어앉은 생각이 획획 날아가는 기분이 들었다. 그럴 때마다 아내는 정신 사납다며 타박을 했다.

그만 좀 해, 제발!

어디선가 아내의 목소리가 들린 것 같아 두 발로 세게 의자를 멈췄다. 관성을 이기지 못하고 의자가 휘청거리다 뒤로 넘어갔다. 벌떡 일어났지만 바닥에 부딪힐 때의 충격으로 등과 팔꿈치가 아팠다. 나는 넘어진 의자를 일으켰다. 혼자인데도 누가 본 것처럼 창피했다.

나는 아내의 책상 쪽으로 다가갔다. 책상 끝에 무질서하게 흐트러져 있는 화장품들이 눈에 들어왔다. 여느 때처럼 열려 있는 뚜껑 몇 개를 닫아주었다. 꼼꼼하지 못한 사람이었다. 뭘 하든 흔적을 남기는 사람. 주인 잃은 책상에는 화장품 말고도 포스트잇, 동전, 책 몇 권, 여러 색의 펜들이 굴러다녔다. 그러고 보니 아내의 책상을 이렇게 자세히 들여다본 건 처음이었다.

유치한 제목의 로맨스 소설들 사이로 삐져나온 검은 책이 눈에 띈 건 그때였다. 《아이 러브 뉴욕》? 내가 산 책은 아니었다. 비슷한 제목의 영화를 기억해내곤 소설인가 싶어 집어 들었더니, 아닌 게 아니라 그냥 관광 가이드북이었다. 손때가 제법 많이 탄 것으로 미루어보아 아내는 이 책을 꽤나 자주 본 모양이었다. 군데군데 헐어 있고, 접혀 있으며, 무엇보다 색색의 포스트잇이 붙어 있는 페이지가 많았다. 미드타운, 소호, 노리타, 로어이스트, 첼시, 그리니치빌리지, 이스트빌리지, 유니온스퀘어, 어퍼이스트, 어퍼웨스트…… 그러다 센트럴파크를 다룬 챕터가 나오자 다시 마음이 어지러웠다. 나는 책을 덮고 화장실로 들어가 세수를 했다. 물이 닿을 때마다 머리가 지끈거렸다.

부엌에서 물을 찾아 타이레놀을 먹고, 계단을 오르려다 아내의 책상을 보았다. 검은 책은 불길한 징조처럼 그대로 놓여 있었다. 나는 다시 책을 집어 들었다. 앞쪽에 학교 근처인 다운타운과 소호를 다룬 챕터가 나왔다. 페이지 아래쪽에 아까 지나쳤던 포스트잇이 붙어 있었다.

Think Coffee

248 Mercer Street, New York.

처음 만난 곳. P.

'싱크 커피'라면 학교 바로 옆에 있는 카페였다. 몇 년 전 〈무한도전〉 팀이 와서 커피 시키기 미션을 수행한 탓에 한국인들에게 유명세를 탄 카페. 맛있다는 입소문이 나긴 했지만 커피를 즐기지 않는 나로서는 한 잔에 사 달러 넘는 음료수를 마신다는 게 영 내키지 않아 아내와 한 번 가본 뒤론 거의 가지 않는 곳이었다.

그런데 처음 만났다니?

내 기억이 맞는다면 그때 우린 아무도 만나지 않았다. 들어가서 커피를 시키고, 자리가 없어 어정쩡하게 서서 마시다 그냥 나왔을 뿐이다. 더군다나 뒤에 더해진 P라는 알파벳은 무슨 뜻인지 알 수 없었다. 이니셜? 내 이름에 P가 들어가는 글자는 없다. 미혜도 마찬가지다. 이모티콘의 일종이 아닐까 생각했지만 딱히 떠오르는 의미도 없었다. 애초부터 그런 걸 쓰는 타입의 여자가 아니었다.

순간 안개처럼 맴돌던 졸음이 사라졌다. 곧이어 두통도 느껴지지 않았다. 나는 내 책상 위의 지저분한 책들을 한쪽으로 치운 다음, 그녀가 책에 붙여놓은 포스트잇들을 하나하나 떼어내어 붙였다. 그녀가 적어놓은 장소들은 대개 카페나 음식점이었고, 주로 미드타운과 다운타운, 소호와 이스트빌리지에 집중되어 있었다. 그렇다면 학교 근처다. 그녀는 이런 곳들을 다니고 있다는 사실을 왜 내게 한 번도 얘기하지 않았을까. 이렇게 가까운 곳에 약속이 있는 거였다면 수업 끝나고 함께 가거나 다른 일행과 어울릴 수도 있었을 텐데. 나는 한곳에 모아진 그녀의 포스트잇들을 처음부터 다시 살폈다.

Gotham Bar and Grill

12 East 12th Street.

환상적인 저녁. 고마워.

Ninth Street Espresso

75 9th Avenue.

인상적인 로고. 카푸치노 짱!

Inakaya

231 West 40th Street.

오랜만에 회 먹으니 좋더라. Thanks, P.

The View

1535 Broadway.

맨해튼 야경을 내려다보던 저녁. 잊을 수 없는……

한 곳 한 곳 살필수록 혼란스러워졌다. 내가 아는 곳,

우리가 같이 갔던 곳은 거의 없었다.

아내는 누구와 이런 곳에 다닌 걸까. 나는 아내의 교회 친구들 이름을 잘 알지 못했다. P는 누구일까. 나는 색색의 종이들을 잘게 찢어버리고 싶은 충동을 느꼈다. 일종의 배신감 같은 거였다. 그러나 동시에 유학생 배우자 비자를 식물인간 비자라고 부르던 아내의 목소리가 떠올랐다. 나 혼자 공부한다고 아내조차 이 시간과 공간을 누리지 못하게 하는 건 사리에 맞지 않았다. 아내는 누릴 것을 누렸다. 다만 내가 알지 못했을 뿐이다.

하지만 하필 아내가 사라진 밤, 이 책을 집어 들게 된 것이 못내 찝찝했다. 혹시 이 포스트잇들이 무슨 연관이 있는 건 아닐까? 내가 전혀 알지 못하는 어떤 일이 벌어지고 있는 중인지도 모른다는 불안감이 엄습했다. 아내는 어디로 간 걸까? 누구와 같이 있을까? 지금이라도 실종신고를 해야 하는 걸까? 쉽게 대답할 수 없는 질문들이 이어졌다. 나는 피로를 느끼며 냉장고에서 버드와이저 한 캔을 꺼내 땄다. 멀리서 바라본 색색의 포스트잇들은 내가 결코 해독해낼 수 없는 암호 같았다.

다음 날 나를 깨운 건 전화벨 소리였다. 처음엔 알람을 맞췄다고 생각하고 소리가 나는 곳을 더듬어 껐지만, 벨소리는 몇 번이나 계속해서 울렸다. 짜증스럽게 눈을 뜨고 나서야 내가 책상에 엎드려 자고 있었다는 것을 깨달았다. 더듬더듬 휴대폰을 찾아 통화 버튼을 누르자 다짜고짜 날 선 목소리가 귀청을 때렸다.

"자네 왜 이렇게 통화가 안 되나?"

한국에 있는 장모였다.

"죄송합니다. 썻느라……"

"미혜가 어제부터 통 연락이 안 되는데, 무슨 일 있어?"

그제야 나는 장모의 날 선 음성이 나 때문이 아니라는 걸 알았다. 어떻게 말을 해야 하나 궁리하기도 전에 반사적으로 대답이 먼저 나갔다.

"아, 교회 수련회 갔습니다."

"수련회?"

"네, 수련회요."

아주 잠깐이었지만, 나는 분위기가 미세하게 변했음을 감지했다.

"그래? 그런 말 없었는데. 그래도 왜 전화를 꺼놔?"

한층 누그러진 목소리였다.

"뭐, 그 '은혜'를 많이 받아서 그런 거 아닐까요."

민망한 나머지 끝을 웃음으로 얼버무리며 내가 답했다. '은혜'니 '사랑'이니 '형제, 자매'니 하는 것들은 평소 내가 가장 혐오하는 단어들이었다.

"자네가 그런 말도 할 줄 알어?"

장모가 신기하다는 듯 말했다. 기세를 몰아 내가 덧붙였다.

"지금 보니까 여기 충전기도 놓고 갔네요. 미리 말씀 좀 드리라고 했건만. 며칠 있다 온다고 했으니까 걱정 마세요, 장모님."

그제야 그녀는 완전히 안심한 듯 원래 전화를 건 목적에 대해 주저리주저리 말을 늘어놓았다. 미혜가 보낸 일정이 너무 빡빡하다는 둥, 남편과 자기는 그냥 쉬다 오는 게 목적이라는 둥, 옷을 어느 정도로 챙겨가야 할지 말 좀 해달라는 둥, 며칠 앞으로 다가온 방문에 대한 질문들이 대부분이었다. 마치 미혜의 계획을 잘 알고 있는 것처럼 적당히 대답을 얼버무리며 통화를 마쳤다.

말미에 장모는 공항에 꼭 내가 나와주었으면 좋겠다는 말을 꺼냈다.

"미혜가 운전하는 차는 불안해서 탈 수가 있어야지."

기사인 사위가 있는데, 자기 딸이 운전하는 걸 보기 싫다는 얘기였다. 전화를 끊으며 나는 만약 장모가 그걸 솔직히 말해도 내가 기분 나쁘지 않을까를 생각해 보았다. 결론은 금세 나왔다. 노. 위선은 구역질 나지만, 위선 속 민낯을 보는 건 끔찍하니까.

교회.

위선이라는 말 때문일까? 순간 교회 생각이 났다. 처 갓집은 삼 대째 독실한 기독교 집안이라 뭐든 '교회'에 관련되어 있기만 하면 대부분 무사통과였다. 아내도 하는 짓을 보면 날라리 신자였지만 모태신앙이라서인지 근본적인 신앙만큼은 확고한 편이었다.

그러고 보니 교회를 잊고 있었다. 그건 마치 추락 직전에 발견한 동아줄 같았다. 어쩌면 아내는 정말 교회에 있을지도 모른다. 뒷걸음에 쥐 잡는 격으로 둘러댄 거긴 하지만 정말로 수련회를 갔을 수도 있다. 내게 말했는데 잊어버렸을 가능성도 충분하다. 교회 얘긴 흘려

듣게 되는 경우가 많으니까. 나는 아내가 다니는 교회 이름을 떠올리려 애를 썼다. 하지만 이제는 외우려고 해도 잊어버리는 마당에, 관심도 없던 교회 이름이 쉽게 생각날 리 없었다. 미친 사람처럼 머리를 싸매고 단어들을 중얼거린 끝에 겨우 초성 하나가 희미하게 떠올랐다. P.

잠자고 있던 노트북을 두드려 화면을 띄웠다. 그리고는 아내의 페이스북 담벼락으로 들어가 미친 듯이 스크롤 휠을 내렸다. 중간 중간 멈춰 섰다가, 다시 위아래로 오가기를 반복한 끝에 아내가 태그된 사진을 하나 발견했다. 사진 아래 체크인 장소에 교회 이름이 떠 있었다. 패스파인더 처치(Pathfinder Church).

교회 이름을 구글링하니 홈페이지가 나왔다. 메뉴가 너무 많아 뭘 골라야 할지 감이 오지 않았다. 누구든 물어볼 사람이 필요했다. 섬기는 사람들? 이 메뉴가 일종의 'Contact Us'일 거란 예상은 적중했다. 목사와 전도사들의 이름과 사진, 연락처가 나와 있었다. 나는 그중 아내가 자주 언급했던 청년부 담당 목사를 찾았다.

"헬로?"

수화기 저편 사내가 영어로 전화를 받았다.

"이희광 목사님이십니까?"

"누구시죠?"

"강미혜라고 아시나요?"

"알고 있습니다."

"그 사람 남편입니다."

"그러십니까."

잠시 침묵이 흘렀다.

"무슨 일이십니까?"

목사가 물었다.

"아내가,"

갑자기 목이 잠겼다. 나는 전화기에 들어가지 않게 잦은 기침을 뱉었다.

"아내가 어제 집에 들어오지 않았습니다. 혹시 교회에서 수련회 같은 행사 중인가요?"

"아뇨. 수련회는 이미 지났습니다."

희망은 부질없이 끊어졌다. 처음부터 기대하지 말았어야 했다.

"그렇군요. 실례했습니다. 그럼."

전화를 끊으려는 순간 목사가 말했다.

"잠시만요."

"예?"

"정말 미혜 자매 남편이 맞습니까?"

"그런데요."

"그렇다면 만나 뵙고 이야기를 좀 했으면 좋겠습니다. 이상하게 들리시겠지만…… 오늘 시간이 괜찮으십니까?"

"무슨 말씀이신지……"

"저도 조심스럽습니다만,"

목사는 잠시 쉬었다 말했다.

"미혜 자매와 관련된 일입니다."

저녁 수업을 마치고 목사와 만나기로 한 카페를 향해 걸었다. 비가 내리는 맨해튼은 평소보다 더 어둡게 느껴졌다. 우산 밑으로 비슷한 키의 동양 여자가 지나갈 때마다 가슴이 내려앉았다. 몇몇은 따라가서 얼굴을 확인하려다 창피를 당하기도 했다. 몇 번이나 그러길 반복한 다음에야 시계를 보았다. 나는 걸음을 재촉했다.

목사는 먼저 도착해 있었다.

빗물이 뚝뚝 떨어지는 우산을 접고 실내로 들어가자마자 나는 그를 알아보았다. 목사처럼 보이는 동양인은 하나뿐이었다. 검은색 뿔테 안경에 진회색 양복을 입은 사내가 책을 펴놓고 있었다. 한 번도 만난 적 없었지만 나는 그가 이희광임을 직감했다. 말없이 그의 앞으로 다가가자 사내가 고개를 들었다.

"오지웅 형제님?"

사내가 책을 덮으며 물었다.

"제 이름을 아시는 줄은 몰랐습니다."

"뭘 좀 드시겠습니까?"

"아뇨, 괜찮습니다."

"앉으시죠."

자리에 앉은 후에야 그의 얼굴을 자세히 들여다볼 수 있었다. 이희광 목사. 정확한 나이를 가늠하긴 어려웠지만 듬성듬성 난 흰머리와 피부로 미루어 사십 대 중반쯤으로 보였다. 나는 오늘의 만남이 어떻게 끝맺음될 것인지 상상해보았다. 그가 나에게 하려는 이야긴 뭘까. 우리는 무슨 대화를 나눌까. 나는 어떤 기분으로 집에 돌아가게 될까. 적어도 한 가지는 확실했다. 그게 뭐든 내 짐작과는 다를 것이다.

"미혜 자매에게 무슨 일이 있습니까?"

"어제 집에 들어오지 않았습니다."

"짐작 가는 곳은 없습니까?"

"있다면 교회일 겁니다. 아내는 주로 교회 사람들을 만났으니까요."

이 목사는 잠시 내 눈을 응시했다. 그리고 고개를 숙였다.

"결혼하신 분께는 죄송한 이야기지만…… 제가 만나 뵙자고 한 이유는 저희 청년부에 돌던 어떤 소문 때문입니다."

"소문이요?"

"예, 그래서 아주 조심스럽습니다. 소문이란 백 퍼센트 진실을 말하는 게 아니니까요. 대개의 경우 오히려 그 반대이기도 하지요. 하지만 어제 통화에서 미혜 자매가 사라졌다는 말을 들은 순간, 저는 그 소문을 떠올릴 수밖에 없었습니다."

이 목사와 눈이 마주쳤다. 나는 저 눈동자 뒤에서 소

환되기만을 기다리고 있을 아내에 관한 이야기를 생각했다.

"몇 달 전부터 여러 형제자매를 통해 이상한 이야기를 듣기 시작했습니다. 구체적인 상황과 내용은 다르지만, 요는 미혜 자매와 다른 청년부 형제 사이가 좀 특별하다는 거였습니다. 미혜 자매는 기혼자이고, 형제 또한 내성적이긴 하지만 착하고 신실한 친구라 처음엔 당연히 오해일 거라고 생각했습니다. 그런데 그런 제보가 자꾸 들려오니 저도 마음이 편치 않았습니다. 직접 눈으로 확인한 게 아닌 이상 당사자들에게 묻기도 곤란했고요."

"구체적으로 뭐라고 하던가요? 다른 사람들이?"

"이를테면 이런 겁니다. 두 사람이 어느 카페에서 다정하게 이야기하는 걸 봤다, 손을 잡고 혹은 팔짱을 끼고 걷는 것 같았다, 심지어는 호텔 로비에서 둘을 봤다고 하는 사람도 있었습니다."

"그렇다고 단정 지을 수는 없잖습니까?"

"맞습니다. 그래서 조심스러운 것이고요. 저도 이 소문이 오해이기를 바랍니다. 미혜 자매가 어서 돌아와주었으면 하고요."

"그 남자는 누굽니까? 연락처 아시죠?"

"안 그래도 제가 어제부터 전화를 계속 해보고 있는 데……"

이 목사가 머뭇거렸다.

"그 형제도 전화를 받지 않습니다."

"둘이 같이 있다는 말입니까?"

"아닙니다. 그건 모르는 일이죠."

"그 친구 어디 사는지 아시죠?"

"알고 있습니다."

"주소를 알려주시죠. 찾아가봐야겠습니다."

"지금 말입니까?"

"네."

"저와 같이 가시는 게 어떻겠습니까? 저도 책임을 져야 하니까요."

"무슨 책임을요?"

"두 사람 다 제가 섬기는 공동체의 멤버 아닙니까. 저에게도……"

"싫습니다. 그냥 주소만 알려주세요."

"형제님 혼자 보낼 수는 없습니다."

"제가 뭐 그 친구를 해코지하기라도 할까봐 말입니까?"

"그게 아니라……"

"아니면 그냥 궁금한 겁니까? 소문이 사실인지가?"

"그런 식으로 말씀하시면 주소를 가르쳐드리지 않겠습니다."

당장 일어나 그의 멱살을 잡고 싶은 마음이 들었다. 가까스로 화를 억누르는 사이 목사는 말없이 테이블 위의 짐을 챙겼다. 서류가방에 짐을 넣던 그는 아까 읽던 책을 바닥에 떨어뜨렸다. 제목이 눈에 들어왔다. '고통의 문제'. 목사는 허리를 굽혀 펼쳐진 책을 서둘러 집어넣은 다음 몸을 일으켰다. 순간적으로 피가 몰렸는지 상기된 얼굴이었다.

마침내 다시 한 번 그와 눈이 마주쳤을 때, 나는 물었다.

"지금 제 기분이 어떨 것 같습니까?"

목사는 대답하지 않았다. 나는 그의 눈동자를 똑바로 쳐다보았다. 그의 눈은 무언가로 겹겹이 둘러싸여 영원히 저 너머를 볼 수 없는 암흑 같았다.

2

파트너 Partner

눈을 뜬다.

머리가 띵하다. 오른쪽 뒷머리를 긁고 싶은데 손이 잘 움직여지질 않는다. 잠에서 깨어났기 때문일까? 어젯밤엔 무슨 일이 있었던 걸까? 기억을 더듬어본다. P를 만나 싸웠던 게 생각난다. 그래, 어제 그는 연락도 없이 불쑥 우리 집에 찾아왔었다. 미친 게 틀림없다. 그는 흥분해 있었다. 흥분한 그는 마치 다른 사람 같다. 남편에게 없는 기복이 그에겐 있다. 처음엔 매력이라 생각했지만 지금은 아니다. 그가 그리는 그래프는 위로도 솟

구치지만 아래로도 곤두박질치니까. 그 최고점은 어제였다.

"범인을 알아냈어."

문을 열자마자 그가 말했다. 그렇게 말하는 그의 얼굴엔 일종의 희열 같은 게 엿보였다. 순간적으로 소름이 돋았다.

"그래서?"

내 대답이 그다지 호의적이지 않다는 걸 눈치챘는지 그는 잠시 머뭇거렸다.

"좋아할 거라고 생각했는데."

"내가? 미쳤어?"

"이제 복수할 수 있잖아. 내가 해줄게."

"필요 없어. 빨리 가. 누가 봐."

"들어가면 안 돼?"

"너 진짜 미쳤어?"

나는 입을 반쯤 벌린 채 어이없는 표정으로 그를 노려보았다. 그는 뭐가 잘못됐는지 모르겠다는 표정이었다. 내가 기쁨의 눈물이라도 흘리길 바랐던 걸까? 아니면 허리를 굽히며 고마워하기를? 범인 따위 궁금하지도, 복수하고 싶지도 않다. 그냥 더러운 기억으로 묻어버리고 싶을 뿐. 그걸 굳이 파헤쳐서 복수할 힘이 내겐 없다.

"잠깐 기다려."

그대로는 도저히 그냥 돌아가지 않을 것 같아 차라리 내가 집을 나서기로 했다. 간단히 가방에 짐을 챙겨 그와 함께 아파트를 나섰다. 누가 볼까 싶어 모자를 푹 눌러쓰고 빠르게 걸었다. 지하철역으로 들어가고 나서야 마음이 좀 놓였다.

"어디로 가?"

"얘기 좀 해."

우리는 집에서 한참 떨어진 다운타운에서 내려 눈에 보이는 대로 아무 카페나 들어갔다. 카페는 복잡하고 관광객이 많다는 이유로 오빠가 싫어하는 소호에서 몇 블록 떨어지지 않은 곳이었다. 커피 한 잔씩을 주문하고 나서 이야기를 시작하려는데 그의 전화가 울렸다. 그는 번호와 이름을 확인하더니 내게 눈을 찡긋하고는 밖으로 나갔다. 어떤 사람들과의 통화는 들려주고 싶지 않은 건지, 그는 평소에도 가끔씩 그런 행동을 했다. 신비주의 같은 건가. 나는 대수롭지 않게 생각했다. 멀어져가는 그를 바라보며 나를 대신해 강간범들을 찾아 복수해주겠다는 그의 미친 생각을 어떻게 하면 막을 수 있을지 생각했다. 늘 생각보다 행동이 앞서는 사람이라 말로 어떻게 설득한들 쉽지 않을 것이었다.

통유리로 된 창문 밖으로 그의 뒷모습이 보였다. 말을 할 때마다 그의 머리 위로 담배 연기가 입김처럼 피어올랐다. 통화가 길어지는 듯해서 습관처럼 스마트폰을 꺼내들었다. 메일 표시 옆에 '157'이라는 숫자가 떠 있었다. 세상에서 가장 귀찮은 일은 메일 정리일 거라고 생각하며, 며칠 만에 아이콘을 눌렀다. 아니나 다를까 온갖 곳에서 날아온 광고와 스팸 메일들이 편지함을 가득 채우고 있었다.

그 틈바구니에서 이상한 제목의 편지 하나를 발견한 건 그때였다.

'강미혜 씨에게.'

처음엔 당연히 스팸 메일일 거라 생각했다. 얼마나 기술이 발달했으면 이름까지 정확히 맞춤으로 넣었을까 싶었다. 그런데 제목 밑에 표시되는 한두 줄의 미리보기가 시선을 붙잡았다.

안녕하세요,
저는 오지웅의 전 여자친구 한수진이라고 합니다.

분명 오빠의 이름이었다. 더 생각할 겨를도 없이 바로 메일을 눌렀다. 꽤 긴 내용의 글자들이 아래로 이어졌다.

무례하다고 느꼈다면 미안합니다. 하지만 강미혜 씨를 위해 꼭 해야만 하는 말이라고 생각했기 때문에 용기를 냈어요. 오지웅은 용서 받아서는 안 될 사람입니다. 나에게 많은 잘못을 했기 때문만은 아니에요. 사람은 잘 변하지 않는 존재니까요. 그는 분명히 강미혜 씨에게도 많은 걸 숨겨왔을 것이고, 앞으로도 그럴 겁니다. 내가 이 편지를 쓰는 이유는 강미혜 씨에게도 언젠가 닥칠지 모르는 비극을 막기 위해서입니다.

전화기를 들고 있는 손이 떨려서 자꾸만 글자들이 춤

을 쳤다. 숨소리가 귀에 들릴 만큼 커졌다.

 또 한 가지 일러둘 말이 있습니다. 제 동생을 잘 아시겠지요. 교회에서 만나 당신과 가까워진 남자 말입니다. 그 아이가 강미혜 씨에게 접근했다면 그건 오직 한 가지 이유 때문일 겁니다. 복수지요. 저를 대신해 오지웅에게 복수하려는 거예요. 동생은 불쌍한 아이지만 정상이 아니에요. 그 아이를 멈추지 않으면 미혜 씨와 오지웅뿐만 아니라 동생 자신까지도 다치게 될지 모릅니다. 제발 그 애를 막아주세요. 남편이든 가족이든 교회든 알려서 그 애가 아무 일도 저지르지 못하게 붙잡아주세요. 이게 제가 처음이자 마지막으로 드리는 부탁입니다……

 두 번이나 반복해서 읽었지만 도무지 믿을 수가 없었다. 이게 사실일까? 모르는 여자의 말을 어디까지 믿어야 할까? 내 이메일은 어떻게 알아낸 거지? 그때 그가 돌아왔다.
 "미안. 많이 기다렸지?"
 "가봐야겠어."
 나는 자리를 박차고 일어나 카페를 빠져나갔다. 그가

52

달려나와 내 팔을 붙잡았다.

"갑자기 어딜?"

대답 없이 지나치려 하자 그가 나를 더 세게 잡았다. 힘겨루기 끝에 손에 쥐고 있던 휴대폰이 길바닥에 떨어졌다. 그는 재빨리 휴대폰을 집어 들더니 화면에 떠 있는 메일을 보고 읽기 시작했다. 손을 뻗어 전화기를 빼앗으려고 안간힘을 썼지만 키 차이가 너무 났다. 나는 소리를 지르며 그에게 매달려 그를 잡고 당기고 때렸다. 하지만 그는 맞으면서도 끝까지 높이 든 팔을 내리지 않았다.

"제발!"

마침내 그가 휴대폰을 내밀었다. 그리고 도망치려는 나를 뒤에서 꽉 붙들어 안고는 전에 없던 부드러운 목소리로 말했다.

"가지 마, 미혜야. 오해야, 오해. 내가 다 설명해줄게."

나는 혼란스러웠다.

"이 사람 누구야? 정말 니 누나야? 너 누나 있었어?"

"우리 누나 맞아. 하지만 누나는 지금 많이 아파."

"아프다고? 여기 써 있는 말 다 진짜야? 너 정말 그러려고 나한테……"

그가 내 몸을 똑바로 돌렸다.

"우리 누난 정상이 아냐. 조카가 죽은 뒤로."

그리고 나를 꼭 안았다.

나는 그의 품에서 한참을 소리 내어 울었다. 무슨 일이 일어나고 있는 건지, 뭐가 맞는 건지 알 수가 없었다. 도무지 감당하기 어려운 일들이었다. 왜 나에게 이런 일들이 일어나는 거지? 억울했고 화가 났다. 내 삶이 삼류 드라마로 전락해버리는 건 참을 수 없었다.

울음이 잦아들자 그는 나를 소호 옆 골목 벤치에 앉혔다. 다리가 아팠고 몸에 힘이 하나도 없었다. 그는 아무 말도 하지 않고 내 손 위에 자신의 손을 포갰다.

"목마르지 않아?"

나는 고개를 끄덕였다. 그러자 어디론가 사라진 그는 잠시 후 오렌지주스를 하나 사들고 나타났다.

"좀 마셔. 진정하고."

뚜껑을 열어 주스를 건네는 그를 보며 나는 그걸 받아마셨다. 그러고는 그에게 뭐라고 말하기 시작했는데, 갑자기 참을 수 없이 졸음이 쏟아졌다. 몽롱해지는 정신 속에서 나는 손을 내밀어 그를 붙잡으려 했다. 그는 잡히지 않았고 나는 허우적거렸다. 그게 마지막 기억이었다.

손끝이 간지럽다. 손이 움직여지지 않는 건 어쩌면 묶여 있기 때문인지도 모른다. 손가락을 조심스럽게 움직여보니 까끌까끌한 줄 같은 게 느껴진다. 빨랫줄일까? 숨을 쉴 때마다 입 주위가 답답하다. 나는 주위를 둘러본다. 천장이 낯설다. 천장? 그렇다면 나는 누워 있는 걸까? 멍하니 일시정지 되어 있던 감각들이 한순간에 쏟아져 들어온다. 나는 소파 같은 곳에 누워 있다. 몸을 일으키려 애를 쓴 지 한참 만에 겨우 앉는 데 성공한다. 머리가 깨질 듯 아프다.

처음 보는 방. 나는 낯선 장소를 물끄러미 둘러본다. 좁고 지저분하다. 정리되지 않은 물건들이 여기저기 불규칙하게 널려 있다. 여기가 그의 새집일까? 그러고 보니 얼마 전부터 이사를 한다고 말했던 것 같다. 나는 아무렇게나 널린 옷가지들 가운데 그의 것이 분명한 옷들을 발견한다.

조심스럽게 일어나본다. 다행히 발은 묶여 있지 않다. 오랫동안 구부려 누워 있던 탓인지 힘이 들어가자 몹시 저리다. 걸어서 몇 발자국 되지 않는 방 안을 빙글빙글 걷는다. 현관문 쪽으로 가자 노란색 포스트잇이 눈에 들어온다. 가까이 다가가 확인한다.

갚아줄게. 내가.
약속해.

미친놈. 소름이 끼친다. 살갗이 오돌토돌하게 올라와 머리끝까지 닿는다. 낯선 여자가 보낸 이메일이 생각난다. 그는 누구에게 뭘 갚겠다는 걸까? 있지도 않은 강간범일까, 아니면 오빠일까? 갑자기 오빠 얼굴이 떠오른다. 눈물이 날 것만 같다. 나는 소리를 지른다.

그를 처음 만난 건 교회 청년부에서였다.
딱히 오빠와 문제가 있는 건 아니었다. 처음부터 오빠가 재미없는 사람인 걸 모르는 것도 아니었다. 대학에 갓 들어간 후부터 엄마는 늘 말했다. 똑똑한 놈 하나만 잡아와. 그다음부턴 우리가 해결해줄게. 지방사립대학의 이사장인 아빠는 한술 더 떴다. 이왕이면 나중에 총장까지 시킬 수 있는 놈으로 데려와. 너무 잘난 놈은 안 돼. 집안도 좀 비리비리하고 끈도 없는 놈이면 더 좋지. 일가친척 많아봤자 파리만 꼬이니까.

엄마 아빠 말을 듣고 일부러 오빠 같은 사람을 찾아다닌 건 아니었다. 하지만 오빠를 만나고 그가 우연찮게도 부모가 말하던 바로 '그 사람'이라는 걸 알게 됐을 때 난 일종의 안도랄까, 그런 감정을 느꼈다. 게다가 오빠는 똑똑했지만 야망에 가득 찬 사람도 아니었다. 그저 평생 연구하고 공부할 수 있는 교수가 되는 게 꿈인 소박한 사람이었다. 그러면서도 교수라는 호칭은 얼마나 낯간지러워하던지. 연애 시절 내가 장난 삼아 '우리 교수님, 왜 그러세요?' 하면 오빠는 멋쩍게, 그렇지만 환하게 웃었다. 그게 진심이란 걸 알았기 때문에 그럴 때마다 마음이 좀 아팠다.

친구들은 왜 그런 재미없는 사람이랑 결혼하냐고 말하기도 했다. 바보들. 연애는 나쁜 남자와, 결혼은 착한 남자와 하는 거란다. 그동안 내가 만났던 남자들은 하나같이 가볍고 별 볼일 없는 놈들이었다. 내 몸매나 우리 집 재산에만 관심 있던 날파리 같은 종자들. 하도 쫓아다니니까 몇 번 만나주기는 했지만, 일단 사귀거나 자기 시작하면 꼴에 남자랍시고 하나같이 내 위에 군림하려 들었다. 마치 내가 자기 것이라도 되는 양 거들먹거리는 것이 영 마음에 들지 않았다. 이제껏 일 년 이상 사귄 남자친구가 없는 건 다 그래서였다.

그런 연애에 환멸을 느끼기 시작할 무렵 오빠를 만났다. 남녀공학 대학에 다니는 친구가 대학원생 중에 괜찮은 선배 오빠가 있다며 소개팅을 주선한 거다.

"공부 잘하는 훈남이야. 흠이 있다면 약간 소심한 거? 대신 이번에 미국에 박사 합격해서 내년에 유학 간대. 뉴욕으로."

친구 말대로, 삼청동에서 처음 만난 오빠는 소심하지만 신중한 사람 같아 보였다. 물론 훈남보다는 흔남에 가까웠고, 키도 생각보다 한참 작았지만, 키 크고 잘생기고 허우대 멀쩡한 놈들에게 지친 나이다보니 그런 것마저 장점으로 보였다. 그날 오빠는 자신의 유학과 미래 계획에 대해 조곤조곤 설명해주었다. 강의를 듣는 기분이었지만 지루하지는 않았다. 내용보다는 그런 얘기를 진지하게 하는 모습이 귀여웠다. 집에 돌아와 어땠냐고 묻는 엄마에게 나는 이렇게 말했던 것 같다.

"있잖아 엄마, 나 미국 가서 살 것 같아."

뉴욕에 산다는 건 어떤 느낌일까. 나는 평생 궁금했었다. 모든 여자들의 로망 아닐까? 뉴요커로 살아보는 것. 꼭 〈섹스 앤 더 시티〉의 주인공처럼은 아니라 해도, 미드타운에서 브런치를 먹고 소호에서 쇼핑을 하며 허드슨 강변을 따라 조깅하는 삶은 생각만으로도 설렜다. 더군다나 앞으로 교수가 될 착한 남편과 함께라면! 이보다 더 좋을 순 없을 거란 생각이 들었다. 예상대로 소심한 오빠에게선 애프터 신청이 바로 들어오지 않았다. 소개팅 다음 날 아침, 내가 먼저 문자를 보냈다.

우리 다음엔 어디서 볼까요?

일 년이 채 되지 않는 짧은 연애 끝에 우리는 결혼에 골인했다. 오빠네는 생각보다 더 가난했고, 그래서 나는 마음이 더 가벼웠다. 대부분의 결혼 준비는 나와 엄마의 몫이었고 오빠는 그때마다 엄마에게 머리를 숙였다. 시아버지가 없던 결혼식장에선 시어머니가 많이 울었다. 꿈같았던 한여름의 결혼식을 뒤로하고 우리는 곧장 뉴욕으로 날아왔다.

첫 몇 달 동안은 그야말로 꿈결처럼 흘러갔다. 우리가 사는 곳은 업타운의 작은 스튜디오였지만, 걸어서 몇 블록만 가면 센트럴파크가 나왔다. 아래로 조금만 걸어 내려가면 링컨센터와 줄리아드가 있었고 거길 지나 쭉 내려가면 타임스스퀘어까지도 걸어갈 만했다. 지하철만 타면 다운타운도 멀지 않았다. 맨해튼 한가운데 산다는 건 진짜 뉴요커가 된다는 걸 의미했다.

아침에 일어나 창문을 열면 눈앞에 영화의 한 장면이 펼쳐졌다. 저마다 바쁘게 자신의 길을 재촉하는 서로 다른 인종의 사람들. 제각각 멋지고 무심하고 촌스럽고 지저분한 그 사람들은 모두 '뉴욕'이라는 거대한 모자이크를 완성하는 하나의 조각들이었다. 같은 블록 코너의 베이글 집에서 테이크아웃한 황토색 종이봉투를 들고, 갓 구운 빵 냄새를 맡으며 집으로 돌아오는 길이면 나는 생각했다. 이만하면 꽤 괜찮은 결혼을 한 것 같다고.

하지만 나와 달리 오빠는 처음부터 이 도시를 썩 좋아하지 않는 눈치였다. 그에게 뉴욕은 더럽고 비싼 도시로만 느껴지는 것 같았다. 가장 많이 하는 말이 더러워, 와 비싸, 였으니까. 처음 몇 달 동안 오빠는 거의 웃지 않았다. 집을 나설 때면 그는 마치 전쟁터에 나가는 사람처럼 비장한 얼굴로 다녀올게, 라고 말했다. 수업은 일주일에 이틀뿐이었지만 수업이 없는 날도 늘 학교 도서관으로 출근하다시피 했다. 많이 힘들어 오빠? 잿빛으로 변해가는 그의 얼굴을 보며 이따금씩 내가 물었을 때, 그는 길게 대답하지 않았다. 그는 어딘가로 가라앉는 사람처럼 보였다. 내가 볼 수 있는 그의 모습은 점점 더 줄어들어만 갔다.

그런 오빠의 기분이 전염된 걸까.

뉴욕과의 허니문 기간이 끝나자 나에게도 우울 비슷한 것이 찾아왔다. 둘러볼 만큼 둘러보고, 쇼핑할 만큼 쇼핑하고, 비슷한 하루하루가 계속 반복되자 반년 만에 나는 지쳐버렸다. 알고 지내는 사람은 손꼽을 정도였고, 내가 할 수 있는 일 역시 거의 없었다. 유학생 아내로서 그냥 누리기만 하면 되는데 무슨 배부른 소리냐고 할 수도 있겠지만, 이건 나뿐만 아니라 대부분의 유학생 아내들이 보이는 증상이었다.

뉴욕이라는 도시에 대해 씌워져 있던 콩깍지가 떨어져 나가면서, 외출하는 횟수도 점점 줄어들기 시작했다. 오빠가 집을 나서면 그때부터 하루 종일 인터넷을 하거나 한국 텔레비전 프로그램을 다운 받아 보면서 시간을 보냈다. 다행히 시간은 술술 잘도 흘러갔다. 너무 열중한 나머지 이따금씩 오빠 돌아올 시간에 맞춰 저녁 준비를 하는 것도 잊을 정도였다.

오빠는 컴퓨터 앞에 앉아 있는 내 모습을 신경질적으로 싫어했다.

"제발 그 쓸데없는 인터넷 좀 그만하고, 영어 공부나 해. 노트북이 뭔 죄냐?"

여간해서 언성을 높이지 않는 오빠도 내가 그러고 있으면 화를 냈다. 하지만 그런 말을 들으면 머리로는 이해가 가면서도 화가 났다. 아니, 누구 돈으로 유학하면서 나한테 이래라저래라야? 내가 숙이고 들어갈 이유가 없었다. 더군다나 우리 집은 박사 끝나면 오빠를 아빠 대학에 교수로 꽂아주기까지 할 계획인데.

"사람들이 유학생 와이프 비자를 왜 시체 비자라고 부르는 줄 알아? 일도 못하고 공부도 못하면, 난 뭐 숨만 쉬고 살아야 돼? 내가 오빠 가정부야?"

소리를 버럭 지르면 오빠는 입을 다물었다. 너무 심한 것 아닌가 하는 생각도 들었지만 사실은 사실이니까 어쩔 수 없었다. 나는 가정부가 아니다. 그렇다고 법적으로 뭔가를 할 수 있는 신분도 아니다. 내게 허락된 사회생활은 극히 일부분이었다.

언제부턴가 나는 스스로를 불행하다고 생각하고 있었다. 골목 한 귀퉁이에 버려진 식물처럼 아무도 모르게 날마다 조금씩 시들어가는 기분이었다. 처음엔 투정도 부려보고 화도 내봤지만 기본적으로 오빠는 그런 걸 받아주는 사람이 아니었다. 벽에다 대고 아무리 이야기해봐야 벽은 벽일 뿐이다. 어쩌면 그건 벽의 잘못도 아니다. 아주 나중에서야, 그건 오빠가 감당할 수 있는 것 이상이었을지도 모른다고 생각하게 되었다.

아마 그때쯤부터였을 거다. 교회를 열심히 나가기 시작한 건. 그동안에도 매주 예배에 나가긴 했지만 따로 활동을 하거나 친목 모임에 참여하지는 않았었다. 한국에선 늘 아빠 엄마의 강요에 가까운 권유로 다니던 교회였기에 처음엔 내가 뭘 자발적으로 한다는 게 쉽지 않았다. 종교 활동에 목숨 거는 사람들은 무섭다고 생각하는 편이었기 때문에 더 그랬다. 괜히 나섰다가 나도 모르게 엄마 같은 광신자가 되고 싶지는 않았다. 하지만 용기를 내어 모임에 몇 번 참석하고 나자 그런 시간이 생각보다 괜찮다는 걸 알게 됐다. 광신자처럼 보이던 사람들도 이야기를 나누고 가깝게 지내다보니 대부분 멀쩡했다. 다들 신앙심이 너무 깊어 나로서는 조금 부담스럽다는 점만 빼면 꽤 괜찮은 이들이었다.

거기서 그를 만났다.

여느 때처럼 청년부 예배에 참석했던 어느 주일이었다. 예배가 끝나고 교인이 운영하는 '강남회관'에서 다같이 밥을 먹고 있는데 부목사님이 낯선 남자를 하나 데리고 왔다.

"미혜 자매도 88년생이라고 했죠?"

목사님이 물었다.

"네."

나는 고개를 끄덕이며 사내를 살폈다. 키가 훤칠하고 이목구비가 뚜렷한 청년이었다. 운동선수처럼 넓은 어깨와 짙은 눈썹이 강한 인상을 줬다.

"두 사람이 동갑이네요. 어학연수 하러 한국에서 온 지 얼마 안 되는 형제예요. 앞으로 친하게 맞아주세요."

목사님이 돌아서 떠난 뒤 나는 그에게 악수를 청하며 말했다.

"반가워요. 교회에 동갑은 없었는데."

그는 무뚝뚝한 얼굴로 내 눈을 똑바로 쳐다보며 말했다.

"나도요."

처음부터 그와 연애를 하려던 건 아니었다. 물론 나도 안다. 이런 말이 변명처럼 들리리란 걸. 하지만 어쩔 수 없다. 그게 사실이니까.

그날 모임에서 내가 그의 '목자'로 지명됐다. 목자란 새로 온 사람을 일종의 '어린 양'으로 간주하고 그가 교회에 적응할 수 있을 때까지 이런저런 일들을 챙겨주는 역할을 하는 사람이었다. 부담스러운 면이 없는 건 아니었지만 끝까지 사양하지는 않았다. 지루하고 우울한 내 생활에 어쩌면 그의 존재가 새로운 활력소가 되어주리라는 기대도 있었고, 그라는 사람 자체에 대한 호기심도 있었다. 물론 남편과는 달리 예전에 내가 사귀던 남자들처럼 매력적인 외모를 지녔다는 사실도 한몫 했다는 걸 부인하지는 않겠다.

모임이 끝나고 나는 그에게 뉴욕에서 가고 싶은 곳이 있냐고 물었다. 그는 망설임 없이 '싱크 커피'에 가보고 싶다고 했다. 〈무한도전〉에 나온 뒤로 한국인 관광객들이 성지순례 하듯 찾는 곳. 나도 남편과 간 적이 있었다. 지하철을 타고 다운타운까지 내려가야 한다는 게 걸리긴 했지만, 첫날이니까 그 정도 바람은 들어줄 수 있다고 생각했다. 우리는 A트레인을 타고 머서 스트리트에 있는 카페로 향했다.

하트 모양이 뚜렷이 새겨진 라테를 마시며 나는 남편과 함께 왔던 날을 기억해냈다. 그는 커피 한 잔에 사 달러가 넘는다는 사실에 경악했다. 커피가 뭐 이리 비싸? 서서 음료를 홀짝거리며 그는 몇 번이나 중얼거렸다. 연애할 때는 안쓰러워 보였던 그런 모습이 언젠가

부터 꼴 보기 싫어졌다. 커피 한 잔 마시는 소박한 사치도 그의 앞에선 낭비고 허영이었다. 그런 식이라면 뉴욕에서 남편이 만족할 수 있는 것은 없다. 그때 나는 마음에 커다란 셔터가 내려진 것 같은 느낌이 들었고, 그 뒤로는 두 번 다시 '싱크 커피'를 찾지 않았다.

그런데 그날은 모든 게 새로웠다. 여기 라테가 이렇게 맛있었나 싶을 정도였다. 동행한 사람이 바뀌니 카페의 분위기와 커피 맛까지 다르게 느껴졌다. 그날의 '싱크 커피'는 너무 아늑하고 편안해서 어떤 면에선 비현실적인 공간이었다. 우리는 노란 불빛 아래 창가 자리에 앉아 끊임없이 이야기를 나눴다. 창밖으로 뉴욕의 밤이 찾아드는 동안, 그와의 대화는 호흡이 잘 맞는 사람과의 섹스처럼 리드미컬하게 이어졌다.

열 시를 훌쩍 넘겨 남편에게 문자가 왔을 때 나는 막 그와 일어나 헤어지려는 참이었다. 어디야. 애정이나 존중이라고는 찾아볼 수 없는 그의 문자에 나도 사무적으로 답했다. 금방 가. 이제 뭐든 남편이 원하는 것은 그대로 주고 싶지 않았다.

지하철역까지 걸어가 남자는 퀸스로, 나는 업타운으

로 향했다. 집으로 돌아오며 그의 이름을 뭐라 불러야 할지를 생각했다. 분명 이름을 듣기는 했지만 그대로 쓰고 싶지는 않았다. 그는 내가 새롭게 지니게 될 하나의 비밀이며, 실재의 존재인 동시에 가상의 존재이기도 하니까. 덜컹거리는 지하철 안에서 나는 가방에 늘 가지고 다니는 뉴욕 가이드북을 꺼내 이렇게 적었다.

Think Coffee
248 Mercer Street, New York.
처음 만난 곳. P.

처음에 우리는 일요일에만 만났다. P도 나도 약속한 적은 없지만 그건 일종의 암묵적인 룰이었다. 나는 그를 좋은 친구라고 여기기로 했다. 말하자면 데이트메이트인 셈이었다. 평일에 그를 만나지 않는 건 나에게 하는 약속이기도 했다. 만약 일요일이 아닌 날 그를 만난다면 내 안의 뭔가가 무너질 것 같은 느낌이 들었다. 유부녀에게도 최소한의 윤리라는 게 있으니까. 선을 긋는건 여러모로 필요한 일이었다. 바쁜 남편에게 외면 받은 채 다른 유학생과 바람났다는 수많은 유학생 와이프들의 사례에 숫자 1을 더하고 싶지는 않았다.

P와 만날 때마다 나는 포스트잇에 우리가 다닌 곳을 적었다. 일주일 동안은 가고 싶은 곳을 찾아 이름과 주소를 적고, 다녀온 뒤에는 밑에 한두 마디씩을 덧붙였다. 그리고 그것들을 남편이 결코 펴보지 않을 종류의 책, 《아이 러브 뉴욕》에 붙여놓았다. 그와의 만남이 시작되면서 내 생활은 처음 뉴욕에 왔을 때와 같은 활력을 되찾았다. 그때보다 좋은 건 이제 둘이라는 거였다. 남편처럼 일상과 미래의 고민을 이야기하거나 함께 짊어질 필요도 없고, 애인처럼 연애 감정으로 피곤해질 염려도 없다. 우리의 관계는 순전한 우정에 가까웠다. 그가 고백을 하기 전까지는 정말로 그랬다.

그날은 처음부터 뭔가 좀 이상했다. 타임스스퀘어 한복판에 있는 호텔로 들어갈 때 알아챘어야 했는지도 모른다. 그는 어디로 가는 거냐는 내 질문에 답을 주지 않았다. 집게손가락으로 조용히 하라는 시늉을 하며 보일 듯 말 듯 웃을 뿐이었다. 그런 그의 모습에 설레는 마음이 들지 않았다면 거짓말일 거다. 하지만 그 설렘 뒤에는 두려움도 있었다. 내가 원하는 우리의 관계는 정확히 지금 이 지점이었다. 조금 더 앞으로 나가거나 뒤로 물러선다면 그건 더 이상 내가 바라는 게 아닐지 몰랐다. 우리가 올라탄 투명한 엘리베이터는 마치 하늘에 닿을 듯이 계속해서 올라갔다. 그리고 문이 열리자 사방으로 눈부신 맨해튼의 야경이 펼쳐졌다.

메리어트 호텔의 꼭대기층, 뉴욕 유일의 회전 전망대 위에 있는 식당 'The View'에서 P는 한동안 말없이 밥만 먹었다. 나는 그런 그가 신경 쓰여 입으로 뭐가 들어가는지도 모르게 식사를 했다. 언제인지는 몰라도 그는 자신이 정한 시간을 이미 갖고 있는 것처럼 보였다. 나는 그런 그를 기다려줄 수밖에 없었다. 그의 등 뒤로 맨해튼의 황금빛 스카이라인이 느릿하게 흘러갔다.

"있잖아,"

코스 메뉴의 마지막, 뉴욕 스타일 치즈케이크가 각자 앞에 놓였을 때 P가 말했다.

"사실은 고백할 게 있어."

나는 올 게 왔다고 생각했지만, 짐짓 모른다는 투로 답했다.

"응?"

"내가 너한테 잘못한 게 하나 있는데, 나중에 그걸 알게 돼도 용서해줘야 해."

"뭘 잘못했는데?"

"그건 말해줄 수 없어. 그렇지만,"

그는 잠시 커피잔을 만지작거리다 말했다.

"하나 분명한 건 내가 널 좋아하게 되었단 거야."

그 순간 막 입에 넣었던 치즈케이크보다도 달콤한 뭔가가 온몸으로 퍼졌다. 누군가 날 좋아한다는 말을 마지막으로 들어본 게 언제였더라? 생각도 나지 않았다. 남편에게서도 오랫동안 들어본 적 없는 말이었다. 별거아냐, 별거 아냐. 속으로 속삭였지만 이상하게 피가 빨리 돌기 시작했다. 얼굴도 조금 달아오른 듯했는데, 고맙게도 때마침 조명이 한 톤 어두워졌다. 불빛이 신호라도 되는 것처럼 어느 이름 모를 재즈 밴드의 연주가 시작됐다.

"사람의 감정을 감추는 게 가능한 일일까?"

홀린 듯 밴드의 연주를 바라보던 그가 말했다.

"갑자기 왜?"

"감정이란 건 내 미래 같아."

"네 미래가 어떤데?"

"불투명하고, 종잡을 수 없고, 짐작과는 반대고."

"그래서?"

"난 지금 불투명한 걸 투명하게 하려고 노력하는 중이지."

"내가 뭘 어떻게 해줘야 하는데?"

"넌 그냥 내 얘길 들어주면 돼."

"아직 뭐가 또 남은 거야?"

내가 웃으며 대답하자 그는 아니, 라고 짧게 말한 뒤 덧붙였다.

"나, 널 사랑하나봐."

그날 밤 나는 해서는 안 될 일을 했다. 넘어서는 안 될 선을 넘었다. 어쩌면 정신이 나간 건 고백을 한 그가 아니라 나였다. 고백을 마친 P가 내 이마에 가볍게 키스를 할 때까지만 해도 난 가까스로 자신을 통제하고 있었다. 그런데 웨이터가 그에게 계산서를 가져다주고, 그가 지갑도 없이 주머니에서 꼬깃꼬깃한 이십 달러짜리와 일 달러짜리 지폐 그리고 동전들을 가득 꺼내 테이블 위에 올려놓았을 때 나는 결국 자제력을 잃었다. 그는 가난했고, 그날 우리가 먹은 저녁값 498달러는 그가 델리 가게에서 하루 종일 일해서 버는 주급의 전부와 다름없는 액수였다. 나는 도저히 그를 그대로 돌려보낼 수가 없었다. 그의 손을 잡고 로비로 내려가 호텔에서 가장 비싼 방을 달라고 했다. 그는 어안이 벙벙해진 눈으로 나를 쳐다보았다. 키를 받고, 우리는 방금 전 밥을 먹은 회전식 레스토랑 바로 아래층에 자리 잡은 스위트룸으로 들어갔다. 그리고 황금빛 도시를 내려다보며 평생 잊히지 않을 사랑을 나눴다.

소리를 지르다 지쳐 주저앉은 나는 생각한다.

왜 그랬을까.

따지고 보면 그게 모든 불행의 시작이었다. 그와 한 섹스는 자꾸 생각날 만큼 너무 좋아서 나를 두렵게 했다. 그는 여자의 몸을 다루는 법을 잘 알고 있었다. 그의 길고 부드러운 손가락이 내 입술을, 가슴을, 그리고 내 몸에서 가장 깊은 곳을 만질 때 나는 자꾸만 새어나오는 신음 소리를 꾹 눌러야 했다. 그의 페니스가 내 안으로 들어올 때는 남편의 그것과 너무 다른 느낌에 놀라기도 했다. 그의 것은 내 안을 꽉 채울 만큼 두껍고 단단해서 그가 움직일 때마다 나는 반사적으로 발가락을 오므렸다. 절정의 순간에 그는 콘돔을 찾았다. 나는 단단한 엉덩이를 꽉 붙잡은 채 P의 귀에 속삭였다. 빼지 마.

며칠 후 일상처럼 센트럴파크를 조깅하다 낯선 두 남자와 마주쳤을 때도 나는 그때 생각을 하고 있었다. 그날 밤, 창밖의 야경, 스위트룸의 냄새, 그의 어깨와 팔 근육, 나파 밸리 산 카베르네 소비뇽, 격렬한 움직임, 옅은 땀 냄새, 그리고 절정. 땀으로 속옷이 젖어가는 것조차 기억을 생생하게 만들었다. 몸집이 작은 히스패닉 사내들이 내 앞을 가로막을 때까지 나는 그들의 존재조차 알아채지 못하고 있었다.

나중에서야 알게 된 일이지만 그들은 멍한 얼굴로 같은 코스를 반복해서 돌고 있는 나를 유심히 지켜보고 있던 거였다. 그리고 자신들의 먹잇감으로 나를 지목한 뒤, 수풀이 우거진 곳 근처에서 숨어 있다가 뛰쳐나와 나를 수풀 속으로 끌고 들어갔다. 나는 손발을 허우적거리며 강하게 반발했다. 네 개의 손이 내 몸 여기저기를 더듬었다. 한 명이 머리 위에서 내 팔과 상체를 누르고, 거친 손으로 내 레깅스를 반쯤 벗겨냈다. 나는 죽어라 소리를 지르다가, 땀에 젖어 잘 벗겨지지 않는 내 속옷을 붙잡고 있는 사내와 눈이 마주쳤다. 어디서 본 듯한 얼굴. 그가 누구인지 생각해낼 틈도 없이, 나는 그 얼굴을 향해 아직은 자유로운 두 발을 움직여 발길질을 해댔다. 내 어깨를 누르고 있는 손가락들을 피가 날 때까지 깨물었다. 그때 멀리서 고함 소리가 들려왔고, 소리가 점차 커지자 그들은 짧은 눈짓을 교환한 뒤 서로 반대 방향으로 잽싸게 도망쳐버렸다. 나는 맥이 풀려 그 자리에서 일어나지도 못하고 누워 있었다. 행인이 다가와 괜찮으냐고 물을 때까지, 뜻 모를 눈물이 계속해서 흘러내렸다.

쫓기듯 걸으며 덜덜 떨리는 손으로 P에게 전화를 걸었지만 받지 않았다. 남편의 얼굴이 떠올랐다. 이건 그를 배신한 나에게 하늘이 주는 벌인가? 머릿속으로 오만가지 생각이 다 들었다. 센트럴파크를 빠져나와 집으로 걸으며 나는 자꾸만 주위를 불안하게 둘러보았다.

누군가 내 뒤를 따라오는 것 같아 뛰다 걷다를 반복했다. 집에 가까워질수록 차츰 방금 전 상황이 정리되어 갔다. 강간미수. 남의 이야기라고만 생각했던 성범죄의 피해자가 되다니. 내가.

집에 들어가 문을 잠그고 나자 그제야 다리에 힘이 풀렸다. 형언할 수 없는 안도감이 밀려왔다. 조금 시간이 지나니 다른 차원의 생각이 들기 시작했다. 어쩌면 이걸로 P와의 관계를 청산할 수도 있지 않을까? 아니면 내게 관심이라곤 없는 남편에게 충격을 주어 그를 변화시킬 수도 있지 않을까? 이건 하늘이 주는 벌이 아니라 다시 오지 않을 기회일지도 모른다는 생각이 머리를 스쳤다. 정황이 주어졌고 피해를 입었지만 결국 나는 살아남았다. 잘만 하면 나는 이 비극 덕에 원하는 두 가지를 모두 얻을 수도 있다.

그때 P에게 전화가 걸려왔다. 그는 일하느라 받지 못했다며 무슨 일이냐고 물었다.

"나, 당했어."

"뭘?"

나는 심호흡을 한 번 하고 나서 말했다.

"강간."

불행이란 기차와 같아서, 일단 레일 위에 올라 출발하고 나면 멈추기 쉽지 않다. 어디선가 읽은 이 문장이 낯선 사내처럼 나타나 불길하게 머리를 맴돈다. 이 일로 P를 떼어내고 더불어 남편까지 되찾을 수 있으리라고 생각한 건 실수였다. 크나큰 착각이었다. 그날 이후 P는 사건 정황과 용의자의 인상착의에 대해 집요하게 물었다. 그만하자고 아무리 얘기를 해도 소용없었다. 남편 역시 누가 범인인지에 관해서만 물었다. 내가 화를 내자 좀 더 나를 신경써주는 것처럼 행동하긴 했지만, 그저께 그가 나와 아무런 교감도 없이 내 바지를 벗기려 했을 때 그만 폭발하고 말았다. 나는 그의 뺨을 때렸고 울었다. 많은 것을 말하고 싶었지만 결국 아무 말도 하지 못했다.

기억을 다시 어제로 되돌렸다. 갑작스레 집으로 찾아온 P. 강간범을 알아냈다는 말. 소호의 카페. 모르는 여자에게서 온 메일. 그리고 주스. 그래, 오렌지주스. 그걸 마시고 나서 정신을 잃었다. 그 주스엔 뭐가 들어 있었을까?

마지막으로 읽었던 메일을 떠올린다. 오빠의 옛 애인이라고 자신을 소개한 그녀의 말은 진실일까? 그 둘은 정말 남매일까? P는 대체 뭘 어쩌려는 걸까? 그의 계획이 뭔지는 모르지만 막아야 한다. 이 불장난을 끝내고, 나 혼자만이라도 P가 운전하는 불행의 기차에서 뛰어내려야 한다. 가능하면 오빠도 함께여야 한다. 그가 누군가의 개새끼였든 아니든 나는 상관없다. 오빠와 함께였던 지루하고 재미없는 일상이 이제는 너무나 그립다. 그걸 되찾기 위해서는 이 방을 빠져나가야만 한다. 나는 다시 방을 둘러본다. 여기저기 묻어 있는 P의 흔적이 지옥 같다.

현관문으로 다가간다. 뒤돌아 잠겨 있는 자물쇠 두 개를 열었지만 끝내 위쪽에 달린 도어체인에 손이 닿지 않는다. 포기하고 손잡이를 돌려 문을 여니 겨우 십오 센티 남짓한 틈이 생긴다. 턱을 문에 비벼 입에 둘린 수건을 벗겨낸다. 틈 사이에 얼굴을 밀어넣고 있는 힘껏 소리를 지르기 시작한다. 헬프! 플리즈 헬프 미! 한참을 소리쳤지만 적막이 감도는 복도에선 아무런 반응이 없다. 울지 않으려고 했는데 자꾸 눈가가 뜨거워진다. 엄마가 보고 싶어 견딜 수 없다. 나는 영원히 이렇게 버려지는 걸까? 아빠가 이걸 알면 뭐라고 할까? 예정대로 공항에 부모님을 마중 나갈 수만 있다면 무슨 일이라도 할 수 있을 것만 같다. 나는 울다가, 외치다가, 흐느끼다가, 끝내 주저앉는다.

그때 멀리서 희미하게 발소리 같은 것이 들린다. 축 처진 채 문에 기대 앉아 있던 나는 미친 사람처럼 일어나 다시 소리를 지르기 시작한다. 헬프! 헬프 미!

3

추적 Pursuit

카페를 빠져나온 건 밤 아홉 시가 넘어서였다. 비가 그친 밤거리엔 인적이 드물었다. 나는 이 목사의 뒤를 따라 걸었다. 그는 몇 블록 떨어진 곳에 있는 공영주차장으로 들어섰다. 차키를 누르자 구석에서 낡은 혼다 미니밴의 헤드라이트가 번쩍였다. 나는 말없이 그의 차에 올라탔다. 미니밴이 주차장을 빠져나가기 시작했다.

"가본 적 있습니까?"

"어디 말입니까."

"그 친구네 집."

이 목사는 조수석에 앉은 나를 슬쩍 건너다보고는 말했다.

"처음입니다."

그는 익숙하게 맨해튼 시내를 이리저리 돌며 업타운으로 향했다. 일방통행이 많아 이방인들에겐 불친절한 도로지만, 한 번 익숙해지면 운전자들에겐 도리어 편하다는 도로 시스템. 그는 이방인이지만 이방인 같지 않아 보였다.

"한수진이란 자매를 아십니까?"

창밖을 바라보고 있던 나는 이 목사를 향해 고개를 돌렸다.

"한수진 말입니다."

그가 한 번 더 말했다.

"그 친구를 어떻게 아시죠?"

나는 최대한 건조하게 말했다. 동시에 이 말을 할 때 목소리가 너무 떨리지는 않았는지, 그래서 내 긴장을 상대가 눈치챈 건 아닌지 조바심이 났다. 갑작스런 이 목사의 질문에 머릿속이 복잡해졌다. 여기서 그녀의 이름을 듣게 될 줄이야. 사라진 아내를 찾으러 가는 길에

듣게 된 그녀의 이름은 불길한 복선 같았다.

"얘기하자면 좀 깁니다."

이 목사가 말했다.

"말씀해주시죠."

"지금요?"

나는 그가 뭘 어디까지 알고 있는지 몰라 불안했다. 만약 이대로 목적지에 도착해 뜻밖의 상황에 처하게 된다면 영영 이 얘기를 듣지 못할지도 모른다. 여기서 시간을 지체해도 될까. 미혜가 위험에 처해 있는 건 아닐까. 하지만 목사가 미혜 앞에서 한수진 이야기를 꺼내기라도 한다면 내 입장은 더 곤란해진다. 이 사람이 대체 왜, 무슨 의도로 한수진 이야기를 하는지 확인해야 한다.

"지금요."

그는 난감한 표정으로 주위를 잠시 두리번거리더니, 차를 오른쪽으로 붙여 가게 앞에 세웠다. 24시간 영업하는 던킨도너츠였다.

"요기라도 좀 해야겠군요."

시동을 끄며 이 목사가 말했다.

손님이라고는 우리밖에 없는 가게에 앉아 주문한 도넛과 커피가 나오기를 기다리며 나는 생각했다. 건너편에 앉은 저 남자와 한수진의 연결고리는 뭘까. 어떻게 한수진을 아는 걸까. 아니, 그것보다 어떻게 한수진과 내가 관련이 있다는 걸 알고 있을까. 그는 그녀의 친척일까? 아니면 한국에서 한수진을 알던 목사일까? 그러다 나는 이 남자에 관해 아는 것이 거의 없다는 사실을 깨달았다. 나는 그의 이름 석 자와 직업을 제외하곤 그에 대해 아는 것이 전혀 없다. 픽업 데스크 쪽에서 누군가 소리치자, 그가 벌떡 일어나 커피와 도넛을 가져왔다.

"생각해보니 아까 카페에선 커피도 마시지 않고 나왔군요."

이 목사는 재미있다는 듯 말했다.

"말씀해주시죠. 한수진을 어떻게 아는지."

나는 그의 미소를 무시하고 물었다.

"수진 자매와는 인연이 아주 깊지요."

그가 얼굴에서 웃음기를 걷어내고 말했다. 나는 그의 표정 변화를 유심히 살폈다.

"저한테 그 여자 얘길 꺼낸 이유는 뭡니까?"

"지웅 형제와도 아는 사이 아닙니까?"

"누가요? 누가 그럽니까? 한수진이 그래요?"

"일단 이거 좀 드시죠."

이 목사가 도넛이 담긴 접시를 내 쪽으로 밀었다. 흥분하면 안 된다. 내가 흥분할 이유도 없다. 그런데 왜 자꾸 나는 감정이 격해지는 걸까? 왜 죄라도 지은 사람처럼 구는 걸까? 나는 군소리 없이 도넛을 집어 들어 한입 깨물었다. 이에 닿은 초콜릿 밑으로 달콤한 슈크림이 배어나왔다.

"말하자면 이웃사촌이었습니다."

어느새 도넛 하나를 다 먹은 그가 커피를 홀짝거리며 말했다.

"수진 자매 부모님과 저희 부모님 말입니다. 몇십 년 전이니 역사가 깊지요. 저도 결혼 전까지 그 집에서 살았고, 그래서 수진이를 아주 어렸을 때부터 봐왔어요. 강원도 촌구석에서요."

기억이 희미하게 떠오르는 듯하다가 가라앉았다. 분명 서울 출신은 아니었다. 하지만 어디에서 왔는지는 정확히 기억나지 않았다. 본가가 강원도였나? 내가 아는 건 다른 사실뿐이었다.

"하지만 한수진은 고아일 텐데요?"

이 목사가 커피를 마시려다 멈췄다.

"맞습니다. 어머니는 어릴 때 돌아가셨고, 아버지도 지금은 안 계시지요."

"돌아가신 게 아니고요?"

"돌아가신 건 아닙니다. 하지만 만날 수는 없는 사이죠. 수진이가 그렇게 말하는 것도 무리는 아닙니다."

"만날 수 없는 사이라뇨? 그게 무슨……"

"수진이 아버님은 지금 교도소에 있습니다."

이 목사는 들고 있던 커피를 들이켰다. 나는 잠시 할 말을 잃었다. 한수진의 아버지가 살아 있다니. 그것도 감옥에. 그건 그녀가 고아라는 사실보다 더 좋지 않은 얘기였다. 하지만 알았더라도 뭐가 달라졌겠는가? 오히려 이 목사의 말은 내 선택이 옳았다는 것을 증명해 줄 뿐이다. 내 선택. 내 결정. 내 아내. 그러자 다시 아내 생각이 떠올랐다. 마음이 급해졌다. 서둘러야 한다.

"시간이 없어요. 빨리 말해요. 한수진 얘길 지금 나한테 꺼내는 이유가 뭡니까."

나는 의자를 반쯤 뒤로 밀고 일어섰다.

"수진이가 이메일을 보냈더군요."

이 목사는 계속해서 느릿느릿 이야기를 할 모양이었다.

"이것 보세요, 지금 내 아내가 그 새끼한테 잡혀서……."

"아무 일 없을 겁니다."

그가 내 말을 잘랐다.

"뭐라고요?"

"아무 일, 없습니다. 제가 장담합니다."

엉거주춤 서 있던 나는 자리에 다시 앉을 수밖에 없었다. 그의 다음 말 때문이었다.

"그 형제가 한수진 동생입니다."

"수진이에겐 평화라는 이름의 남동생이 있습니다."

한 번도 듣지 못한 얘기였다. 나는 생각했다. 이 목사는 지금 내게 거짓말을 하고 있는 걸까? 왜?

"처음 듣는 얘긴데요."

"그럴 거라고 생각합니다. 동생의 존재를 별로 알리고 싶어 하지 않거든요. 동생에게 약간의 문제도 있었고."

"문제라뇨?"

"정신적인 거였죠. 파라노이아, 그러니까 편집증이 있었습니다."

"무엇 때문에요?"

"그건 지금 말하기 곤란합니다."

"그 사람이 왜 여기 와 있는 겁니까? 언제부터였죠?"

"어학연수 차 뉴욕에 온 지 몇 달 됐습니다. 저를 아니까 저희 교회에 나오기 시작했죠. 제가 실수한 부분이 있다면……"

"실수요?"

"미혜 자매와 그 친구를 서로 소개시켜준 것일지 모릅니다. 둘이 나이도 같고, 아는 사람이 많지 않은 것도 비슷했으니까요."

"그래서 둘이 눈이 맞았다?"

"두 사람이 정확히 어떤 사이였는지는 저도 모릅니다. 눈으로 직접 보지 않은 것에 대해선 누구도 단정 지

을 수 없지요. 두 사람 모두 하나님과 사람 앞에 죄가
되는 일을 하지 않았길 바랄 뿐입니다."

"아내가 안전한 건 어떻게 장담하죠?"

"아까 말씀드렸듯이 평화는 마음의 병을 지니고 있습
니다. 그로 인해 종종 강한 폭력 성향을 나타내기도 하
지요."

"그러니까 더 안심할 수 없는 것 아닙니까!"

"하지만 그 폭력 성향은 분명한 방향성과 함께 나타
납니다."

"대체 무슨 말을 하고 싶은 겁니까?"

"미혜 자매 쪽이 아니란 얘깁니다. 평화가 지금 분노
하고 있는 대상은 따로 있습니다."

"설마……"

"맞습니다. 미혜 자매에게 몹쓸 짓을 한 사람들."

"누구한테 들은 겁니까? 한수진 동생한테섭니까?"

"그렇습니다."

"그럼 범인이 누군지, 그 평화인지 뭔지 하는 애는 안
단 말이에요?"

"아는 것 같습니다."

"남편인 나보다 낫군요."

"감정적으로 접근할 문제는 아닙니다. 저도 평화를 통해 그 사건을 접했을 때 적잖이 당황하고 고통스러웠습니다. 경찰에게 먼저 리포트를 하는 것이 좋겠다고 넌지시 이야기해보았지만 그건 미혜 자매가 원치 않는다고 했습니다. 평화는 몹시 분노했고, 그때까지만 해도 저는 두 사람 사이가 단순한 교우 이상의 관계가 아닐 거라고는 생각하지 못했습니다. 평화는 이후 수소문 끝에 범인을 찾아냈다고 했습니다. 예상 외로 아주 가까운 곳에 있었다면서."

"그게 누굽니까?"

"모릅니다."

"지금 장난해요?"

"정말입니다. 제가 아는 건 범인이 히스패닉 두 사람이고, 둘 다 퀸스 플러싱에 산다는 것뿐입니다. 잘 아시겠지만, 플러싱에 사는 히스패닉이 어디 한둘이겠습니까?"

"그럼 미혜는 어디에 있는 겁니까. 내 아내는 사라질 이유가 없잖아요."

"평화는 아마 미혜 자매를 복수의 현장에 데려가려고
했을 겁니다. 그랬다면 아내 분은 아마 지금 평화와 같
이 있겠지요. 하지만 그게 아니라면 평화네 집에 갇혀
있을 가능성이 큽니다."

"플러싱에 갔다는 말입니까?"

"적어도 평화는 그렇습니다."

"어떻게 그렇게 잘 아시죠?"

"저에게 총을 구해달라고 하더군요."

"총이요?"

"총이요."

"그게 언제죠?"

"어젭니다."

십 분 뒤 우리는 다시 업타운을 향해 달리고 있었다.
운전대를 잡은 이 목사는 말없이 정면만 바라보았다.
나는 저 사람은 대체 어떤 사람일까를 생각했다. 저 안
에 무슨 꿍꿍이가 숨겨져 있는 걸까. 나한테 원하는 게
뭘까. 그러나 그의 내면은 성에 낀 유리창처럼 뿌옇기
만 해서 와이퍼를 아무리 움직여도 선명해지지 않았다.

나는 고개를 돌려 스치듯 지나가는 창밖의 어둠을 응시했다. 저기 어딘가에 한수진이 웅크리고 있는 것만 같았다.

미국에 온 지 일 년. 그동안 그녀를 잊었다면 거짓말일 거다. 유학생활이 고되고 힘들 때마다 나는 그녀의 얼굴을 떠올렸다. 아내를 사랑하지 않는 건 아니었다. 다만 사랑의 방식이 달랐을 뿐이라고, 나는 늘 스스로를 속여왔다. 아내가 없다면, 장모의 도움이 없다면 나는 결코 유학 생활을 버티지 못했을 것이다. 게다가 앞으로의 커리어 역시 처가의 도움 없이는 열리지 못할 것이다. 그런 면에서 나는 아내와 처가를 절실히 필요로 했다. 그 필요도 사랑이라 부를 수 있다면, 나는 아내를 사랑했다.

그러나 한수진은 달랐다.

대학에 들어와 처음 본 순간부터 나는 그녀를 사랑하게 되리라는 걸 알았다. 예감대로 우리는 연인이 되었다. 어느 서늘한 여름밤, 스터디를 핑계로 늦게까지 집에 들어가지 않았던 우리는 나무가 무성한 캠퍼스 벤치에 앉아 맥주를 마셨다. 옷을 얇게 입은 그녀는 몹시 몸을 떨었고 몇 번이나 춥다고 말했다. 나는 그녀의 어깨를 감싸려다 그만 먼저 툭 건드리고 말았다. 그녀가 나를 돌아봤고 그런 다음 눈을 감았다. 그 몇 초 동안은 마치 우주가 정지한 것만 같았다. 터져버릴 것 같은 심장을 억누르며 나는 그녀의 입술 위로 내 입술을 가져다댔다. 그녀의 혀끝에선 희미한 맥주 냄새가 났다. 그게 우리의 첫 키스였다.

갑작스레 끼어든 택시 때문에 이 목사가 브레이크를 밟았다. 부딪혔다면 자신의 과실이었을 텐데도, 옐로캡 기사는 뒤쪽의 우리를 향해 사이드미러로 가운뎃손가락을 내밀었다.

차가 속도를 내자 기억은 곧 그녀와 나눈 마지막 키스로 옮겨갔다. 그녀와 보낸 마지막 밤. 사귀는 칠 년 동안 우리는 수도 없이 헤어지고 다시 만나기를 반복했다. 그러나 그날만큼은 반드시 헤어져야 했다. 나는 이미 아내를 만났고, 아내와 결혼해야겠다는 결심을 굳힌 뒤였으니까. 수진과 나에겐 사랑 말고는 아무것도 없었다. 변해버리고 나면 그마저도 없을, 가냘프고도 연약한 감정뿐이었다. 나는 결혼이 사랑의 동의어가 아님을 잘 알고 있었다. 미래는 거저 주어지지 않는다. 수진을 사랑했지만, 어쩌면 여전히 사랑하는지도 모르지만, 고아에 가난하기까지 한 그녀와 결혼할 수는 없었다. 내 인생을 그런 식으로 파묻어둘 수는 없었다. 그녀와의 결혼은 우리 두 사람 모두를 불행하게 할 게 분명했다.

나는 유학을 가야만 했다. 이 지긋지긋한 가난과 열등감을 떨쳐내기 위해서는 오직 유학을 다녀와 교수가 되는 길밖에 없다고 믿었다. 그건 일종의 신앙이었고, 미혜야말로 나를 수렁에서 건져내기 위해 찾아온 구원자였다. 게다가 아내는 내 스타일은 아니었지만 젊고 싱그러웠다. 오히려 지금 생각해보면 아내는 나를 선택할 이유가 없던 사람이었다. 결혼 후에도 이따금씩 잠이 오지 않는 밤에는 골똘히 생각하곤 했다. 그녀는 왜 나를 골랐을까? 왜 나로 만족했을까? 얼마든지 더 좋은 남자를 만날 수도 있었을 텐데.

이별을 앞두고 내가 수진에게 해줄 수 있는 것은 오직 하나, 헤어짐을 준비할 수 있게 돕는 거였다. 조금 덜 아프게, 덜 투박하게 헤어지고 싶었다. 마지막 밤에 이르기까지 나는 그녀가 이별을 예감할 수 있도록 충분한 징후를 주었다. 수도 없는 이별의 신호들을 전송했다. 그리고 이제 이별을 선언할 시간이었다.

마지막 밤의 기억은 파편적이다. 어쩌면 그건 내 의도였는지도 모르겠다. 기억을 희석시켜 죄책감을 줄이려는 두뇌의 자기방어. 하지만 술이 머리끝까지 차오르게 마셨던 그 밤에도 분명히 기억나는 장면들이 있다. 이기적이란 걸 알면서도 나는 그녀의 몸을 만지고 싶었고, 한밤중에 일어나 수진의 몸을 더듬었다. 그녀는 마치 우리가 수도 없이 보냈던 여느 밤처럼 기꺼이 내 손길을 맞아주었다. 한마디 말도 없이 사랑을 나누고 나는 다시 곯아떨어졌다.

다음 날 지독한 두통 때문에 잠에서 깼을 때 그녀는 집에 없었다. 원룸 한쪽에 가지런히 접혀 있는 내 옷들 위에는 흰색 봉투가 놓여 있었다. 벗어놓은 안경을 쓰지 않고도 봉투 위에 적힌 문장을 읽을 수 있었다.

잘 가, 뒤돌아보지 말고.

봉투 안에는 돈이 들어 있었다. 이백만 원이었는지

삼백만 원이었는지 이제는 분명치 않지만, 어쨌든 꽤 큰돈이었다. 그녀가 몇 달은 꼬박 모았어야 하는 돈. 그걸 냉큼 집어 들고 올 수는 없었다. 그렇다고 놓고 갈 수도 없었다. 옷을 다 입고 화장실에서 세수며 양치를 하고 나올 때까지도 고민을 계속했다. 봉투를 만지작거리다가 그녀의 글씨가 다시 눈에 들어왔다. 안경을 쓴 뒤라 이번에는 한결 선명했다. 잘 가, 뒤돌아보지 말고.

책장을 살펴 책을 한 권 꺼내들었다. 이 책으로 박사 논문을 쓸 거라고 입버릇처럼 말했던 책. 오래전 절판되는 바람에 수진이 헌 책방을 뒤져 어렵게 구해준 책. 테레사 학경 차의 《딕테》였다. 논문을 쓴다면 앞으로 꼭 필요할 책이겠지만 이상하게 내키지가 않았다. 차학경은 서른둘의 나이에 로어맨해튼의 어느 빌딩에서 경비원에게 강간 살해당했다. 차학경이 죽은 도시에 한수진이 구해다준 책을 가져가는 건 찜찜하다 못해 불운을 자초하는 일처럼 느껴졌다.

나는 책도 봉투도 남겨두고 가기로 했다. 《딕테》 위에 봉투를 올려놓고 그녀의 글씨 밑에 뭔가를 쓰려다가, 이내 그만두었다. 덕분에 그녀의 문장 밑엔 낙서 같은 펜 자국만 남았다. 의미도 형체도 없는 우연한 흔적. 나는 점도 선도 아닌 그것을 물끄러미 바라보다가, 봉투를 책 사이에 구겨넣고 책을 다시 책장에 꽂았다.

현관문을 닫고 나오는데 속이 메스꺼웠다. 등 뒤로 들리는 문 닫히는 소리가 송곳처럼 머리를 찔렀다. 토할 것처럼 울렁거리는 속을 달래기 위해 나는 한참을 걸었다. 다리가 아파 더 이상 걸을 수 없을 때까지. 정오의 태양이 내 초라한 그림자를 없애줄 때까지.

"이메일을 받았다고 했나요?"

신호에 걸려 차가 멈췄을 때 내가 물었다.

"그렇습니다."

"뭐라고 하던가요. 한수진이."

이 목사는 멀리 신호등 쪽을 바라보며 말했다.

"지웅 형제 얘기를 썼어요. 그리고 평화 걱정을 했습니다. 그 애가 뭘 할지 모르니까 막아달라고요. 그리고……"

신호가 바뀌자 차가 움직였다.

"미혜 자매 이메일 주소를 알려달라고 했습니다."

"왜요?"

"그건 모릅니다. 수진이는 남동생이 자신의 복수를 위해서 미국에 왔다고 믿고 있어요. 당연히 형제님이나 미혜 자매에게 해코지를 할 수도 있다고 염려했겠지요. 아마 그걸 알려주려는 것 아니었을까요?"

말문이 막혔다. 나에게 해코지를 한다? 미혜에게도? 입술을 떨며 강간이라는 두 글자를 말하던 미혜의 얼굴이 떠올랐다. 어쩌면 아내가 당한 일은 우연이 아닐지도 모른다. 만일 그게 철저히 계획된 범죄라면? 하지만 미혜는 분명 히스패닉 두 놈이라고 했다. 이 목사 역시 같은 말을 했다. 한수진의 남동생이 그들에게 분노하고 있고, 총을 구해달라는 부탁까지 했다고 말했다. 그러나 대체 왜? 이해가 가지 않았다. 왜 그가 미혜의 복수를 하지? 처음부터 그들을 사주한 사람이 있는 건 아닌가? 만일 그게 한수진의 남동생이라면? 아니, 그의 누나라면? 이 모든 일의 배후에 한수진이 있을지도 모른다는 데까지 생각이 미치자, 목 뒤편의 털이 곤두섰다.

"총, 구해줬습니까?"

내가 묻자, 이 목사는 고개를 돌려 나를 쳐다보며 말

했다.

"그게 말이 된다고 생각하십니까?"

목사의 눈빛이 너무 차가워서 나는 고개를 돌릴 수밖에 없었다. 맞는 말이었다. 아무리 총기소유가 허용된 미국이라지만 외국인이 불법적인 일에 사용할 총기를 구한다는 건 쉬운 일이 아니다. 게다가 목사가 구해주는 총이라니. 그런 게 가능할 리 없었다.

"거의 다 왔습니다."

이 목사가 말했다. 나는 아내가 그곳에 있기를 바라며 눈을 감았다.

차가 멈춘 곳은 웨스트엔드 117번가 부근이었다. 길가에 주차를 하고 이 목사와 나는 아파트 건물로 들어갔다. 몸집이 내 두 배는 되어 보이는 흑인 경비원이 천천히 걸어나오더니 무슨 일이냐고 물었다.

"긴급 상황입니다. 문을 열어야 해요."

내 말에 경비원은 고개를 절래절래 흔들었다. 손목시계를 가리키며 지금이 몇 신 줄 아느냐고 반문했다. 우리는 한평화라는 세입자의 방에 좋지 않은 일이 일어나고 있고, 경우에 따라서는 누군가 갇혀 있을 지도 모른다고 말했다. 하지만 경비원은 꿈쩍도 하지 않았다.

"나는 당신들이 누군지 몰라. 세입자들의 프라이버시를 지키는 게 내 임무지. 본인이 직접 오든가, 아니면 경찰을 데리고 와. 그 전까진 절대 안 돼. 알아들어?"

똑같은 대화를 몇 차례나 반복하다가 결국 우리가 포기했다. 할 수 없이 이 목사와 나는 일단 로비 한구석의 소파에 앉았다.

"몇 호죠?"

"503호."

"그냥 뛰어 올라가볼까요?"

계단 쪽을 곁눈질하며 내가 말했다. 하지만 이 목사는 턱으로 경비원 쪽을 가리켰다. 경비원은 아예 의자를 이쪽으로 돌려놓고 우리를 감시 중이었다. 무시하고 뛰어들었다간 완력으로 제지당하거나 진짜 경찰을 만나게 될지도 몰랐다. 붉게 충혈된 그의 눈이 이 목사와 나 사이를 바쁘게 오갔다.

"시간이 좀 걸리겠군요. 어떤 식으로든."

이 목사가 소파 깊숙이 몸을 묻었다. 나는 다리 사이

로 고개를 떨어뜨렸다. 이제는 내일 무슨 수업이 있는지도 잘 모르겠다. 위태롭게 잡아오던 공부의 끈을 완전히 놓쳐버린 것만 같았다. 이래가지고 학위는 고사하고 졸업이나 할 수 있을까. 게다가 며칠 후면 장인 장모가 뉴욕에 도착한다. 내 생활비를 대는 그들은 자기네 딸이 실종되었다는 사실조차 모르고 있다. 젠장. 처음엔 이 모든 게 아내 때문이라고 생각했는데, 알고 보니 아내 뒤엔 다른 남자가 있고 다른 남자 뒤엔 다시 다른 여자가 있다. 아직도 내 마음속에서 다 지워지지 않은 어떤 여자가. 그렇다면 이 모든 것은 나 때문이기도 한 것인가. 나는 고개를 들어 건너편에 눈을 감고 앉아 있는 이 목사를 바라보았다. 가슴을 짓누르는 답답함을 뚫고 질문이 솟아났다. 저 남자는 뭘까. 왜 나는 지금 저 사람과 여기 앉아 있을까.

"평화는 특이한 아이였습니다."

눈을 감은 채로 이 목사가 말했다.

"그 애가 초등학교에 다닐 때 몇 달쯤 공부하는 걸 봐준 적이 있었죠. 수진이와는 달리 평화는 좀 늦된 편이었거든요. 어린 나이에 엄마를 잃은 뒤라 동네 사람들이 그 집 아이들을 측은히 여기고 있었어요. 저도 부모님의 권유로 방학 때 시간을 냈던 게 기억납니다. 일주일에 한 번 정도 가서 이런저런 공부를 봐주었지요."

그는 눈을 뜨고 몸을 앞으로 당겨 앉았다.

"한번은 더운 여름날 그 집에서 과외를 하다가 목이 말라 물을 좀 달라고 했습니다. 둘만 있을 때였는데. 평화가 컵에 우유를 따라서 가져왔더군요. 별 생각 없이 마시다가 공부를 마치고 돌아왔습니다. 그리고 다음 주에 다시 갔죠. 그랬더니 평화가 랩으로 싼 컵을 들고 오는 겁니다. 랩을 벗기니 악취가 심하게 났어요. 일주일 동안 그걸 그대로 남겨둔 거였습니다."

"일부러요?"

나도 모르게 인상을 썼다.

"그래서 제가 이게 뭐냐고 물으니까, 평화가 제 눈을 빤히 쳐다보면서 대답하더군요. '선생님 거잖아요. 끝까지 마셔야죠.'"

미친 놈. 나는 속으로 중얼거렸다.

"언제까지 그 남매 옆집에 산 겁니까?"

"결혼하기 전까지니까 벌써 이십 년 가까이 되었습

니다."

"그 사이 계속 연락을 했어요?"

"아뇨, 그렇지는 않습니다. 그 일이 있기 전까지는 남매를 다시 볼 일이 없었죠."

"그 일이요?"

이 목사는 잠시 입술을 깨물었다가 입을 열었다.

"십 년 전까지만 해도 저는 대한민국의 평범한 직장인이었습니다. 서울에서 회사를 다녔고, 삼십 대 초반에 지금의 아내와 결혼해서 가정을 꾸렸지요. 특별할거라곤 조금도 없는 삶이었습니다. 명문대를 나온 건 아니었지만 꽤 번듯한 직장에서 열심히 일을 했고, 아내도 어렵게 임신을 해서 곧 쌍둥이의 아빠가 될 예정이었습니다. 부모님과 나이 차이가 많이 나는 편이었기 때문에 늦게나마 손주들을 보여드릴 수 있다는 기대로 하루하루를 살았지요. 생각해보면 뭐 하나 엇나가는 것 없는 인생이었던 것 같습니다. 그 일이 있기 전까지는 말입니다. 그런데……"

순간 경비원이 우렁찬 소리로 재채기를 했다. 내가 블레스 유, 라고 말하자 그도 큰 눈을 껌뻑이며 땡스,

라고 답했다. 이 목사가 말을 이었다.

"어느 날 시골 부모님 집에 강도가 들었어요. 아버지가 먼저 칼에 찔리셨고, 어머니는 저항을 하다 마당에까지 끌려 나가 변을 당하셨습니다. 머리며 목덜미, 배, 팔, 가슴…… 두 분 합쳐 오십 군데 넘게 자상이 났어요. 마을 사람들이라 봐야 채 백 가구도 되지 않는 곳이었습니다. 처음에 경찰은 원한 관계가 아니면 이렇게까지는 하지 않는다고 말했어요."

"범인이 잡혔나요?"

"잡혔죠. 이웃 주민이었습니다. 그것도 최초로 부모님 시신을 발견해 신고한 사람."

"이유가 뭐였죠?"

"글쎄요, 범행 동기라는 게…… 저희 부모님이 자신에 관한 험담을 하고 다녔기 때문이라고 하더군요. 사실 저도 아직까지 잘 이해가 되지는 않습니다. 어쩌면 평생 이해할 수 없을 겁니다. 사람이 사람을 죽인다는 게 그렇게 쉬운 일은 아니니까요. 그것도 둘이나요. 그런데 그 사람에겐 가능한 일이었습니다. 절도며 사기, 폭행으로 전과가 여러 차례 있는 사람이었는데, 살해 이유는 저희 부모님이 동네 사람들에게 자신의 과거에 대해 안 좋은 얘기를 하고 다녔기 때문이라고 진술서에 썼더군요. 정말 그게 다였어요. 이웃들 얘기를 들어보면 그나마도 사실이 아니었고 말입니다. 하긴 성경에도 인류 역사상 첫 번째 살인은 형제간에, 그것도 질투 때문에 일어났으니 아주 불가능한 일은 아니겠지만요. 그때 그 애들을 다시 만났습니다. 수진이와 평화. 그리고 끊어졌던 연락이 다시 시작됐지요."

나는 이 목사의 귀가 아까보다 조금 붉어졌다는 걸 눈치챘다. 여전히 그에게는 말하기 어려운 일일 것이다. 어쩌면 평생 익숙해질 수 없겠지. 그럼에도 불구하고 그의 목소리는 눈을 감고 들으면 아무런 차이를 발견할 수 없을 정도로 평정을 유지하고 있었다.

"그런 일을 겪게 되니까 제가 좀 달라지는 것을 느꼈습니다. 인생 전체를 바라보는 관점 자체가 바뀌었달까요. 첫 변화는 두 분 장례를 치르느라 휴가를 냈던 회사에 돌아가지 않은 거였습니다. 퇴직금이 조금 나왔지요. 무엇을 해야 할까 고민했습니다. 다행스럽게도 아내는 하고 싶은 것을 하라고, 무엇을 하든 제 마음이 편해졌으면 좋겠다고 했습니다. 그래서 서울 변두리에 서점 자리를 알아보러 다녔어요. 동네 책방 아저씨가 되는 게 제 소망 중 하나였거든요. 서울 시내에 자리를 얻고 싶었지만 워낙 월세가 비싸 그러지 못하고, 결국 일산 쪽에 괜찮은 자리를 발견했습니다. 아파트며 지하철역도 가깝고, 저만 성실히 일하면 가족들 먹여 살리는데는 지장이 없을 것 같았지요. 조건도 잘 맞아 기쁜 마음으로 가계약을 하고 집에 돌아갔는데, 아내가 배를 움켜쥐고 울고 있는 겁니다. 유산이었어요. 시부모님의 갑작스런 죽음이, 제가 아니라 도리어 아내에게 더 견디기 힘들었던 겁니다. 아니, 적어도 앞으로 태어날 예정이었던 우리 아기들에게는 말입니다."

"그래서 미국에 온 겁니까?"

"아내가 퇴원하고 나니까 더 이상 그 땅에선 살 수 없다는 생각이 들었습니다. 몇 달 사이에 부모와 자식을 모두 잃었으니까요. 계약을 파기하고, 남은 돈을 끌어모아 무작정 아무 인연도 없는 미국, 그것도 뉴욕으로 건너왔습니다. 어학연수로 신분을 유지하면서 닥치는 대로 일을 했어요. 1세대 교민들이 흔히 하는 말이지만 저 역시 안 해본 일 없이 다 했습니다. 정말 인간적으로 버티기 힘들 때도 있었지만, 한국에서 있었던 일들을 생각하면 뭐든 견딜 수 있었습니다. 그리고 어느 정도 생활이 안정을 찾았을 무렵 신학교에 들어가게 되었지요."

나는 그 정도면 됐다는 뜻으로 고개를 끄덕였다. 그러나 그는 마치 다음 질문을 기다리는 사람처럼 내 눈을 바라보았다. 눈앞에 살짝 드러난 그의 고통은 이미 안에서부터 단단해진 것처럼 보였다. 타인의 고통에 대해 호기심을 갖는다는 건 어디까지가 정당한 일일까. 내가 진짜로 두려웠던 건 그의 고통에 다가감으로써 잘 숨겨져 있던 내 몫의 고통을 발견하게 되는 거였는지도 몰랐다. 이유가 어찌됐든 더 이상의 대답은 듣고 싶지 않았다.

고개를 돌려 창밖을 쳐다보았다. 밤이 내린 맨해튼 거리를 걷고 있는 사람들이 눈에 들어왔다. 떠나온 곳도 돌아갈 곳도 같지 않은, 오직 지금 여기에서만 함께 걷고 있는 사람들. 반쯤 열린 창틈으로 알아들을 수 없는 그들의 언어가 사중주 오중주가 되어 흘러들었다.

모두가 이방인인 이 도시에선 누구도 상대의 과거를 묻지 않는다. 나는 내가 방금 이 도시와 가장 어울리지 않는 것을 물었다는 사실을 깨달았다.

"형제님은 수진이와 어떻게 알게 되셨습니까?"

침묵을 깨고 목사가 물었다.

"바람 좀 쐬고 오겠습니다."

나는 몸을 일으키며 말했다.

빌딩 앞에서 나는 이리저리 서성였다. 담배를 꺼내 불을 붙이고는 휴대폰을 꺼내 만지작거리다가, 지나가는 사람을 구경하다가, 나중엔 가만히 서서 하늘을 올려다보았다. 보랏빛 구름에 가린 달이 흐릿하게 빛나고 있었다. 한 대를 다 태우고 두 번째 담배에 불을 붙였을 때, 뒤돌아 내가 빠져나온 빌딩을 바라보았다. 직사각형 모양의 커다란 유리창 너머, 소파에 앉아 책을 읽는 이 목사와 그 뒤에 앉은 경비원이 겹쳐 보였다. 노란색 조명 아래 말없이 앉아 있는 두 사내는 마치 에드워드 호퍼 그림 속 인물들 같았다. 나는 담배를 한 모금 깊이 빨아들였다.

어디선가 날카로운 소리가 들린 건 그때였다. 비명 소리였다. 곧이어 다시 비명이 들려왔다. 소리가 난 쪽은 확실히 위였다. 나는 담배를 내팽개치고 건물 안으로 뛰어 들어갔다. 경비원이 벌떡 일어났다.

"비명! 들었죠? 비명 소리!"

내가 소리쳤지만 경비원은 나를 막으며 인상을 썼다. 이 목사도 어느새 다가와 자신도 무슨 소리를 들었다고 말했다. 그러나 경비원은 여전히 막무가내였다. 무슨 일이 일어나든 너희가 상관할 일이 아니라는 말만 자동 응답기처럼 되풀이했다. 한참 실랑이를 벌이고 있을 때 시끄러운 전화벨이 울렸다. 경비원 바로 뒤에 놓인 전화였다.

통화를 하면서 경비원의 표정이 차츰 굳어졌다. 그는 우리에게 말할 때와는 사뭇 다른 공손한 톤으로 대답을 했다. 정확히 알아들을 순 없었지만 미안하다, 이해한다, 알아보겠다 같은 단어들이 들렸다. 한참을 이어진 통화를 마치고 경비원은 열쇠꾸러미를 챙기며 말했다.

"같은 층에 사는 여자야. 비명 소리 때문에 잠을 잘 수가 없다고."

우리는 경비원과 함께 5층으로 올라갔다. 엘리베이터에서 내리자 붉은 카펫이 깔린 기다란 복도 양옆으로 방들이 늘어서 있었다. 경비원은 뒤에서 밀어주고 싶을 정도로 천천히 거구를 움직였다. 그사이에도 짧은 비명 소리가 두세 차례 들렸다.

"여기야, 503호."

경비원이 먼저 벨을 눌렀지만 안에서는 아무도 문을 열어주지 않았다. 그는 조금 기다렸다가 노크를 몇 번 했다. 역시 반응이 없었다.

"미혜야! 대답해봐! 너야? 너지?"

나는 경비원을 밀쳐내고 문을 주먹으로 세게 두드리며 소리쳤다. 경비원은 두 손을 치켜들며 고개를 흔들었다. 자물쇠를 가리키며 내가 말했다.

"빨리 열어요. 빨리!"

경비원은 하기 싫은 일을 하듯 굼뜨게 열쇠를 찾아넣었다. 나도 모르게 주먹에 힘이 들어갔다. 같은 층 다른 집들의 문이 열리고 이웃 몇이 복도로 나와 굳은 얼굴로 우리를 지켜봤다.

이윽고 문이 열리자, 안쪽에서 흰 목욕 가운을 걸친

동양 여자가 슬리퍼를 끌고 걸어나왔다. 당황한 얼굴이었다.

"당신들 누구예요?"

여자가 말했다.

"그쪽은 누구시죠?"

이 목사가 되물었다. 그때 여자 뒤로 가운 매무새를 추스르며 건장한 백인 남자가 나타났다.

"젠장, 대체 무슨 일이요? 당신들 지금 무슨 짓을 하고 있는 줄 알아?"

"한평화의 집 아닌가요?"

이번엔 내가 물었다. 여자는 분명 한국말을 하고 있었다.

"맞아요. 내 이름이 한평화예요. 뭐예요, 당신들?"

여자는 복도에 나와 구경하듯 쳐다보고 있는 사람들을 힐끔 보더니 그들을 향해 영어로 소리쳤다.

"이봐요, 구경났어요? 다들 사생활 침해로 고소당하고 싶어요?"

이웃들은 말없이 문을 닫고 자신의 집으로 들어갔다. 화가 몹시 난 커플 앞에서 나와 이 목사는 한참 동안 미안하다는 말을 반복해야 했다. 여자 한평화의 남자 친구는 우리를 경찰에 신고하겠다며 끝까지 놓아주지 않으려 했다. 동명이인의 주소를 혼동했다는 우리의 변명을 여자 한평화 본인이 믿어주지 않았더라면 아마 꼼짝없이 폴리스 리포트를 작성해야 했을 것이다.

엘리베이터를 타고 내려오는 동안 이 목사와 나는 아무 말도 하지 않았다. 경비원은 혼잣말처럼 뜨거운 커플이군, 하고 중얼거리며 웃었다. 처음부터 경비원이 딸린 고급 아파트에 한평화가 살 거라고 곧이곧대로 믿은 게 잘못이었다. 구글이나 페이스북에 이름만 치면 주소며 전화번호 같은 개인정보가 쏟아져나오는 세상이다. 한평화가 찾으려고만 했다면 동명이인의 주소쯤은 충분히 찾아낼 수 있었을 것이다.

우리는 건물을 빠져나와 거리로 나왔다.

"플러싱 어딥니까?"

이 목사 차 앞에서 내가 물었다.

"아까 말씀드렸잖습니까. 모른다고."

"이대로 돌아갈 순 없습니다."

"어떻게 하려고요?"

"찾아야죠."

"누구를요?"

"둘 다요."

"이 밤에 어떻게 찾는단 말입니까? 찾는다 해도……"

나는 대답 대신 뒤돌아 반대 방향으로 걷기 시작했다. 이 목사가 뒤에서 큰 소리로 두세 번 내 이름을 불렀다. 주머니에서 스마트폰을 꺼내 24시간 시간제로 차를 빌릴 수 있는 집카(zipcar)를 검색했다. 세 블록 떨어진 곳에 전용 주차장이 있었다. 시간은 열한 시 사분. 나는 걸음을 재촉했다.

4

징벌 Punishment

용서는 약자들의 변명이다.

지금 나는 퀸스 플러싱으로 가는 7번 지하철에 앉아
있다. 용서라는 단어를 떠올린 것은 내가 정반대의 단
어를 생각하고 있기 때문이다. 복수. 복수는 세상에서
가장 완벽하고 아름다운 단어. 받은 만큼 주고 준 만
큼 받는다는 건 이 우주에서 단 하나뿐인 불변의 법칙
이니까. 누구도 여기서 자유로울 수 없다. 지하철이 덜
컹거릴 때마다 생각의 흐름이 미세하게 변화한다.

가방 안에 손을 넣는다. 차가운 감촉. 붉은 H 마크가 그려진 가방 속 한인마트 비닐봉지 안에는 총이 들어 있다. 나는 손가락으로 총의 모양을 더듬는다. 방아쇠 위로 손을 넣어 총을 발사하는 광경을 그려본다. 나는 그의 얼굴을 기억하고 있다. '강남회관'에서 자주 봤던 얼굴이니까. 공범의 얼굴은 알지 못한다. 아무래도 상관없다. 범죄를 함께 저지를 사이라면 매우 가까운 사이일 테고, 그렇다면 아마 둘은 함께 있을 것이다. 나는 무조건 그의 옆에 있는 사내를 쏘기로 한다. 공범이 아니래도 상관없다. 그 순간 범인 옆에 있다는 것, 그것이 죄다. 누구든 두 사람 몫의 대가를 치러야 한다. 속죄에는 정확한 양의 피가 필요하다. 이것 역시 우주의 법칙이다.

총을 구해준 건 목사님이다.

처음에 그가 총 얘기를 꺼냈을 때 나는 반신반의했다. 여느 때처럼 예배가 끝나고 집에 돌아가려던 참이었다. 목사님이 다가와 요즘 어떻게 지내냐고 물었다.

내 얼굴이 어두워 보인다고도 했다. 우연의 일치인지 진짜 그랬는지는 몰라도, 그때 나는 그녀의 소식으로 인해 기분이 몹시 좋지 않았다. 그녀가 당한 일을 생각하면 잠도 오지 않았고 분노로 몸서리가 쳐졌다. 목표는 오직 하나였다. 범인들을 찾아내는 것. 그리고 그들이 마땅히 받아야 할 죗값을 치르게 하는 것.

누군가는 쉽게 말할지 모른다. 경찰을 부르지 그래? 모르는 소리. 뉴욕에서 일어나는 살인사건만 한 해에 오백 건이 넘는다. 그것도 엄청나게 줄어든 숫자가 그렇다. 1990년대에는 한 해에 이천 명 넘는 사람이 살해당하기도 했다. 괜히 배트맨 같은 슈퍼히어로가 필요한 도시가 아니다. 게다가 그녀를 덮친 그 새끼들이 과연 합법적으로 미국에 와 있는 놈들일까? 난 아니라는 데 일 달러 걸겠다.

목사님은 나를 교회 근처의 스타벅스로 데려갔다. 처음 교회에 왔을 때를 비롯해 몇 차례 나와 이야기할 일이 있으면 가던 곳이었다. 평소의 그와는 다르게, 목사님은 자리에 앉자마자 물었다.

"미혜 자매랑 어떤 사이니?"

나는 대답 대신 그를 쳐다보았다. 여느 때처럼 진지한 얼굴. 어릴 때부터 내가 기억하는 그의 모습은 항상 저 얼굴이다.

"왜요?"

목사님은 들릴락 말락 하게 한숨을 쉬며 말했다.

"청년부에 이상한 소문이 돈다는 말을 들었다. 몇몇 애들 말로는 너와 미혜 자매가 보통 사이가 아닌 것 같다고 하던데."

"사실이에요."

나는 그녀와 사귀고 있다고 말했다. 표정과 눈빛, 목소리의 톤으로 미루어 보아 그는 이미 그걸 알고 있다. 거짓말을 한다고 해결될 일이 아니다.

"미혜 자매가 유부녀인 건 알고 있지?"

나는 고개를 끄덕였다. 목사님은 난감하다는 표정을 지었다. 그러고는 나와 그녀 사이에 돌고 있다는 소문에 대해 자세히 말해주었다. 대부분은 사실이었지만 몇몇은 과장되거나 터무니없는 것들도 있었다. 가령 둘이 방을 얻어 살림을 차렸다든가, 그녀가 곧 이혼할 예정이라든가 하는 얘기들. 교회 다니는 인간들의 이중성이란 잔인하다. 그들은 앞에선 '당신은 사랑 받기 위해 태어난 사람'이라고 말하면서 뒤로는 칼을 꽂는다. 한두 번 당해본 건 아니지만 당할 때마다 여전히 아프다. 어떤 일들은 영영 익숙해지지 않는 법이니까.

나는 그녀와 나 사이에 대해 있는 그대로 털어놓았다. 그리고 잠시 망설이다가 그녀가 당한 일에 대해서도 말했다. 센트럴파크, 두 명의 히스패닉, 강간. 이야기를 다 들은 목사님의 얼굴이 굳어졌다.

"신고는 했니?"

"아니요. 하나마나예요."

"남편도 알고 있고?"

"본인이 이야기했다고 하던데요."

"그러면 내가 뭘 도와줘야겠니?"

"혹시 구해주실 수 있어요?"

"뭘 말이냐?"

"총이요."

그때까지만 해도 목사님이 정말로 총을 구해줄 거란 기대는 하지 않았다. 총 얘기를 꺼낸 건 도와줄 일이 없다는 뜻이었다. 그는 목사였고, 누구보다 악을 싫어하는 사람이었으니까. 그런데 어제 미혜와 함께 있을 때 전화가 걸려왔다. 목사님이었다.

"구했다, 네가 부탁한 거."

심장이 뛰기 시작했다. 목사님을 만나기로 하고 전화를 끊자마자 기쁨을 감추지 못하고 미혜에게 돌아갔다. 그러나 미혜는 날 보자마자 도망가려 했다. 누나가 보낸 이메일 때문이었다. 휴대폰을 뺏어 내용을 읽었다. 누난 날 미친놈으로 만들고 싶어 하는 것 같았다. 끔찍했다.

"가지 마, 미혜야. 오해야, 오해. 내가 다 설명해줄게."

나는 그녀를 꼭 안았다. 마음 저 밑바닥에서 누나에 대한 분노가 치솟았다. 내가 누구 때문에 여기까지 온 건데. 누나는 반만 안다. 누나 말대로 처음 미혜에게 접근한 건 오지웅 때문이었지만 이제는 아니다. 나에겐 또다른 목표가 생겼다. 겨우 이메일 하나로 모든 걸 망칠 순 없었다.

마침내 흥분이 가라앉은 그녀를 소호 옆 골목 벤치에 겨우 앉혔다.

"잠깐만."

그녀에게 말한 뒤 무작정 근처 편의점으로 들어갔다. 이건 예상치 못한 변수다. 범인이 누군지 알아냈다고 하면 미혜가 좋아할 거라고 생각했다. 그런데 그렇지 않았다. 게다가 목사님의 전화를 받는 사이 그녀는 누나의 이메일까지 읽어버렸다. 생각을 정리해야 했다. 이제 내겐 총이 생겼다. 미혜는 범인을 찾는 걸 원치 않는다. 그러나 나는 복수해야 한다.

주머니엔 늘 가지고 다니는 항우울제와 수면제가 있다. 나는 오렌지주스를 하나 사서 그 안에 수면제 세 알을 손톱으로 잘게 부숴 넣었다. 미안해, 미혜야. 하지만 잠시만 기다려줘. 내가 복수하고 올 때까지.

"좀 마셔. 진정하고."

벤치로 돌아가 음료수를 건넸다. 미혜는 나를 노려보면서도 건넨 주스를 의심하지 않고 마셨다. 그리고 내게 뭔가를 퍼붓기 시작했다. 내가 먹는 수면제는 졸피뎀. 삼십 밀리그램이면 꽤 많은 양이다. 깊이 잠들기까지 오 분이 채 걸리지 않는다. 이야기를 계속할수록 그녀의 눈꺼풀이 쳐져갔다. 무슨 이유에선지 미혜는 손을 한참 동안 허우적거린 후에야 정신을 잃었다.

택시를 잡아타고 교회로 향했다. 터번을 두른 택시 기사는 뒷자리에 잠들어 있는 미혜를 이상하다는 듯 힐 끗거렸다. 나는 목사님에게 전화를 걸었다. 나지막한 목소리로 상황을 설명했더니, 그는 교회 대신 네 블록 떨어진 창고 근처에서 만나자고 했다. 나는 기사에게 목적지를 바꿔 말한 뒤 시트에 몸을 기댔다. 깊게 잠든 그녀의 숨이 어깨 끝을 간질였다.

어쩌다 이렇게 됐을까.

처음 JFK 공항에 내리던 밤이 생각났다. 이민가방 하나에 짐이랄 것도 없는 소지품 전부를 담아 낯선 땅에 처음 발을 내딛던 날. 그때만 해도 내 목표는 오직 오지 웅이었다. 누나의 전 애인이자, 첫 조카의 아버지이자, 동시에 살인자. 어쩌면 매형이라고 부를 수 있었을지도 모를 그를 찾아, 그의 행동에 합당한 대가를 돌려주고 싶었다.

꼭 죽이려는 건 아니었다. 물론 그런 생각을 안 한 건 아니지만, 그에 대한 정보를 알려주면서도 누나는 절대 로 죽이지는 말라고 했다. 누나는 오지웅에게 엄청난 해코지를 하고 싶은 건 아니라고 말했다. 그러고는 한

숨 쉬듯 덧붙였다.

그냥 불행해졌으면 좋겠어.

내 생각에 그건 주어의 문제였다. 말하자면 누나는 자기가, 혹은 내가 주어가 되어 오지웅을 불행하게 만들고 싶지는 않은 거였다. 자신이 아니라도 어떤 다른 형태의 불운이 그와 그의 가족을 덮친다면, 그저 그걸 바라보는 것만으로 행복해질 것 같다는 뜻이었다.

하지만 행복이 그렇듯 불행도 공짜가 아니다. 노력을 해야 한다는 말이다. 행복해지기 위해서도, 불행해지기 위해서도. 그런 의미에서 누나는 행복도 불행도 진정으로 알지 못하는 사람이었다.

퀸스 플러싱에 있는 한인 민박집에 임시 거처를 잡은 후 누나가 알려준 주소로 목사님을 찾으러 갔다. 오랜만에 만나는 목사님은 꽤 나이가 들어 보여서 좀 놀랐다. 내가 기억하는 그의 모습은 언제나 젊은 사내였으니까.

오래전 장례식장에서 그에게 인사를 하며 속으로 벌벌 떨었던 기억이 난다. 난 그때 그가 나를 죽일 거라고 생각했다. 왜냐하면 우리 아빠가 그의 부모를 죽였으니

까. 그의 엄마와 아빠를 저 네모난 액자 속에 구겨 넣어
버린 게 우리 아빠였으니까. 나라면 그렇게 했을 거라
고 생각해서였을 거다. 하지만 그는 그렇게 하지 않았
다. 장례를 치른 후 조용히 마을에서 사라졌다. 한참 후
에야 누나를 통해 그가 목사가 되었다는 소식을 들었
다. 서울에 사는 누나는 가끔 이메일을 통해 안부를 전
하는 것 같았다.

남겨진 나는 고향의 사고뭉치가 되었다. 감정조절이
어려워 화가 나면 뭔가를 부수거나 누군가를 때렸다.
마을 사람들은 지 애비를 닮아 그렇다고 수군거렸다.
그런 소리가 들릴 때마다 나는 증명이라도 하듯 어디
든 사람이 모인 곳으로 달려가 거길 쑥대밭으로 만들
곤 했다.

끌려가듯 뒤늦게 들어간 군대에서 처음으로 약을 먹
기 시작했다. 통제가 안 되는 나를 두고 선임과 간부들
은 고문관이나 관심 사병이란 말 대신 '고문괴물'이라
는 별명으로 불렀다. 그들은 나를 군 병원으로 보냈고
다행히 거기서 처음으로 내 상태에 대해 진단이란 걸
받아볼 수 있었다. PTSD에 따른 양극성 장애, 공황 장

애, 우울증, 충동조절 장애, 편집증. 그때부터 군의관의 처방에 따라 항우울제와 수면제, 그리고 용도를 알 수 없는 수십 가지 갖가지 색깔의 약을 일정하게 먹기 시작했다. 나는 눈에 띄게 달라졌다. 나른한 기분이 지속되는 날이 많았고 누굴 때리고 싶은 기분이 잘 들지 않았다. 성욕이 줄었고 살이 쪘다. 개기는 것보다 그냥 시키는 대로 하는 게 훨씬 편하다는 사실도 알게 되었다.

제대를 하고 나서 무작정 서울로 올라왔다. 누나가 어떻게 살고 있는지 궁금하기도 했지만 그보다는 고향으로 돌아가기 싫어서였다. 찌는 듯이 더웠던 여름날, 오랜만에 만난 누나는 아픈 사람처럼 축 늘어져 있었다. 얼마 지나지 않아 나는 누나 안에 다른 생명이 자라고 있다는 사실을 알게 되었다. 나는 애 아빠가 누구냐고 물었고, 죽이겠다고 소리쳤다. 가슴 깊은 곳에서부터 끓어오르는 분노를 억누르지 못하고 칼을 들었다. 내 손등이 찢어진 건 그날 일어날 뻔한 일들 중에 가장 평화로운 결말이었다.

세상에 나와 보지도 못하고 백만 원짜리 청부업자에 의해 생명을 잃은 우리 조카. 핏덩이 몇 조각으로 사라진 조카의 복수를 하겠다고 다짐한 건 낙태한 병원에서 돌아오는 길이었다. 누나는 정신을 잃고 며칠을 헤맸다. 고열에 시달리며 헛소리를 하는 중에 어떤 이름을 반복해서 불렀다. 지웅아, 지웅아.

누나가 회복될 때까지 나는 말을 줄이고 기다렸다. 그리고 기운을 찾았을 무렵 이름에 대해 물었다. 누나는 처음엔 다소 주저하는 듯했지만 내가 밤낮으로 집요하게 묻자 결국 모든 이야기를 털어놓았다. 오지웅. 그 이름이었다.

며칠 후 책장을 정리하다가 이상하게 뚱뚱한 낡은 책을 발견했다. 펼쳐보니 책 속엔 봉투가 들어 있었다. 겉면에는 '잘 가, 뒤돌아보지 말고'라는 짧은 글이 적혀 있었고, 그 밑엔 누가 낙서를 한 것처럼 뭐가 묻어 있었다. 봉투 안에 들어 있는 건 돈이었다. 삼백만 원. 모든 상황이 이해됐다. 그건 오지웅이라는 새끼가 누나에게 준 돈이었다. 먹고 떨어지라고 준 돈. 헤어지는 대가로 준 돈. 그 돈이 꼭 화대처럼 느껴져 나는 견딜 수가 없었다. 그래, 내가 이 돈으로 미국에 가서 네가 한 짓을 꼭 갚아주마. 봉투를 꺼내 챙기며 나는 뒤에다가 이렇게 적었다.

　내가 갚는다.

　꼭 복수한다.

　창고 앞에는 이미 목사님의 혼다 오디세이가 도착해 있었다. 나는 기사에게 저 차 뒤에 세워달라고 말했다. 택시가 멈추자 목사님이 앞차에서 나와 미혜를 함께 부축해주었다. 서둘러 그녀를 뒷좌석에 태우고 차에 올라탔다. 목사님과 나 모두 숨을 몰아쉬었다.

　"어떻게 된 거야?"

　목사님이 물었다.

　"잠깐 잠이 들었나봐요. 피곤해서."

　딴청을 피우며 내가 답했다. 목사님은 말도 안 된다는 걸 알 텐데도 고개를 끄덕였다. 진실을 말하지 않아도 좋다는 표시였다.

　"여기 있다."

　목사님이 바닥에서 꺼내 건넨 건 흔하게 볼 수 있는 한인마트 비닐봉지였다. 봉지를 받아들자 묵직한 무게감이 느껴졌다. 슬쩍 열어보니 안에는 검은색 권총 한

정이 들어 있었다.

"어떻게 구하셨어요?"

"얼른 넣어."

목사님은 주위를 둘러보며 말했다.

"총알은 세 발이야. 지문 남기지 말고."

"고맙습니다."

"한 가지만 묻자. 어디로 가는 거냐?"

나는 잠시 망설이다 대답했다.

"플러싱이요."

"지금 갈 거야?"

"그러려구요."

"지금이라도……"

목사님이 고개를 흔들었다.

"아니다."

"네?"

"다치지 마라."

그가 시동을 걸었다.

미혜를 할렘 근처에 있는 내 집에 데려다달라고 부탁

하고 열쇠를 건넨 뒤 나는 차를 빠져나왔다. 가만, 너희 집은 웨스트엔드 쪽 아니었어? 목사님이 묻는 바람에 나는 사실대로 이야기해야만 했다. 거긴 그냥 검색해서 알아낸 주소예요. 저랑 이름 똑같은 한국 사람이 사는 곳. 왜 그랬니? 두 번째 질문에는 대답하지 않았다.

두 블록을 걸어 바로 지하철을 탔다. 플러싱까지 한 번에 가는 7번 라인이었다. 비닐봉지가 들어간 가방이 신경쓰였다. 열차 안에는 동양인과 남미인들이 대부분이었다. 아마도 그들 모두 플러싱이 최종 목적지일 것이다. 나는 과연 거기서 내가 녀석을 찾을 수 있을지를 생각했다. 가능성이 높은 일은 아니었다.

단서는 사건이 일어난 장소와 미혜의 증언뿐이었다. 그녀가 내게 그 사실을 털어놓은 다음 날 현장에 가봤지만 아무 의미가 없었다. 인적이 드물 뿐 흔하디흔한 공원의 한구석자리. 발견할 수 있는 건 아무것도 없었다. 도움이 될 만한 건 그녀의 기억이었다. 그녀가 본 두 명의 히스패닉 사내. 그들의 얼굴.

나는 미혜에게 두 명의 인상착의에 관해 집요하게 물었다. 한동안 내 안에서 희미하게 사라지고 있던 강박

과 공격 성향이 다시 고개를 들었다. 대화중에 그녀는
울음을 터뜨렸다. 손을 떨며 무섭다고 했다. 뭐가? 그
일을 떠올리는 게? 미혜는 고개를 저었다.

　아니, 니가.

　결국 알아낸 건 두 명 중 한 명의 얼굴이 낯익었다는
사실이었다. 본 적 있어? 그런 것 같아. 어디서? 언제?
몇 번이나? 그녀는 소리를 질렀다. 그걸 내가 어떻게 알
아! 화내지 말고, 천천히 생각해봐. 미혜는 끝내 기억해
내지 못했다. 당일 저녁 꼼꼼하게 샤워를 해버려 정액
이나 머리카락 같은 증거도 없다. 강간범들의 DNA는
맨해튼의 하수도 속으로 사라진 지 오래였다.

　나는 그녀가 히스패닉을 봤을 만한 곳을 생각해보았
다. 하지만 곧 말도 안 되는 일이라는 걸 깨달았다. 뉴
욕의 모든 식당, 마트, 가게 종업원들의 반 이상은 히스
패닉일 테니까. 미국을 망하게 하는 가장 빠른 길은 경
제 위기나 테러가 아니라, 모든 남미 사람들이 일제히
일을 그만둬버리는 거라는 우스갯소리가 농담만은 아
니었다. 그들이 없다면 위에서부터 아래까지 제대로 돌
아가는 게 하나도 없을 터였다. 적어도 이 도시에서 그

녀가 히스패닉을 보지 못하는 곳은 없다.

하지만 낯이 익다면?

나는 그 한 단어에 매달렸다. 낯익다. 낯이 익다는 건 그 얼굴을 기억하고 있다는 거다. 여러 번 본 얼굴. 낯설지 않은 얼굴. 나는 거꾸로 생각하기 시작했다. 그녀가 가는 곳에 어디든 히스패닉이 있었다면, 누구도 낯익게 느껴지기는 쉽지 않다. 다시 말해 너무 많은 이미지 속에서 어느 한 이미지가 각인되기 위해서는 반복적인 노출이 필수적이다. 그녀가 자주 가는 곳. 그녀가 자주 보던 히스패닉. 그러면서도 말을 걸거나 이름을 아는 것 같은 '관계 맺음'이 이뤄지지는 않을 누구.

나는 '강남회관'의 버스보이*들을 떠올렸다. '강남회관'은 교회와 가까운 데다 황장로라는 교포사회에서 유명한 교인이 사장이라 교회 사람들이 즐겨 찾는 한식집이었다. 여느 음식점처럼 거기도 매니저를 비롯해 수많은 히스패닉 종업원들을 두고 있었다. 나는 그중 버스보이로 일하는 한 사내를 똑똑히 기억하고 있었는데,

---

* 그릇을 놓고 치우는 단순 서빙을 하는 식당 종업원. 주문을 받을 수 있는 웨이터보다 아랫급이다.

그건 그의 시선과 그가 짓던 아주 기분 나쁜 웃음 때문
이었다.

미혜와 함께 '강남회관'에 간 건 기억나는 것만 해도
예닐곱 번이 넘었다. 단둘이 간 적은 없고 대개 교회 모
임을 통해서였는데, 매번 미혜에게 특별한 시선을 보내
는 버스보이가 하나 있었다. 그 시선은 말로 뭐라 형용
할 수 없는 끈적끈적한 종류의 것이어서, 기분이 나쁘
다면 나쁘겠지만 또 누군가 아니라고 하면 별것 아닐
수도 있는 것이었다. 미혜와 사귀기 전부터 나는 그 버
스보이의 눈길이 거슬렸고, 사귄 이후로는 거의 분노에
가까운 감정을 느낀 적도 있었다.

한번은 더운 여름에 '강남회관'에서 교회 모임을 하
는데 그날따라 미혜가 아주 짧은 반바지를 입고 왔다.
어김없이 녀석이 버스보이로 서빙을 했고, 오가면서 노
골적으로 그녀의 다리를 훑어봤다. 심지어 음식을 놓고
돌아가면서는 휘파람 비슷한 걸 불기도 했다. 나는 식
사 내내 너무 거슬려서 가게 사장인 황장로에게 한마디
하려고까지 했을 정도였다. 하지만 그날 밤 그녀에게
기분 나쁘지 않느냐고 물었다가 오히려 우리는 사소한

말다툼을 했다. 자신은 더워서 입었을 뿐이라고, 자기 옷차림에 간섭하지 말라는 소리만 들었다. 그녀는 오히려 그런 시선을 즐기는 것처럼 보였다.

나는 헛수고일지도 모른다는 생각을 하면서 '강남회관'을 찾았다. 일부러 사람이 적은 오후 시간을 골라서였다. 그런데 음식점에는 녀석이 없었다. 아는 얼굴은 도미니카공화국 출신의 매니저 호세뿐이었다. 늘 웃는 낯에 한국말까지 곧잘 해서 교회 사람들이 좋아하는 호세에게 버스보이에 대해 물었더니, 녀석이 얼마 전부터 갑자기 나오지 않는다는 거였다. 전화번호를 바꿨는지 통 연락이 되지 않는다고 했다. 밀린 임금이 있어 줘야 하는데 자신도 골치가 아프다는 거였다.

"그른데, 뭐, 무슨 일 생겨난 거예요?"

호세는 의아하다는 눈치였다. 나는 조만간 다른 교회 청년들과 친선 축구 경기를 하는데, 사람이 한 명 모자라서 남미 출신 공격수를 영입할 생각이었다고 둘러댔다. 식당 옆에서 녀석이 늘 축구공을 차고 있던 걸 모두 알고 있으니까. 그랬더니 호세는 웃으며 녀석보다는 못하지만 선수를 못 구하면 언제든 자신을 불러달라고 했다. 나이는 좀 있지만 자신도 수비에는 꽤 도움이 될 거라면서.

"근데 그 친구 이름이 뭐예요?"

식당을 나오면서 내가 묻자, 호세가 말했다.

"페드로. 페드로예요."

"어디 가면 만날 수 있어요?"

호세는 고개를 저었다.

"아돈노. 하지만, 동네 있어요. 플러싱."

지하철이 멈췄다.

쏟아지듯 열차를 빠져나가는 인파를 쫓아 지상으로 나가니 플러싱 메인 스트리트였다. 무작정 찾아오기는 했지만 이제부터 어떻게 해야 할지 막막했다. 일단 히스패닉 동네로 가야 한다고 생각했다. 모든 동네가 그렇듯 같은 인종들은 모여살기 마련이니까. 걸을 때마다 가방 속에서 쇳덩어리가 덜그럭거렸다.

메인 스트리트에서부터 수색을 시작했다. 말이 수색이지 그냥 지나다니는 사람들을 곁눈질하면서 걷는 게 전부였다. 이따금씩 경찰차가 요란한 소리와 빛을 내며 지나갈 때면 괜히 걸음이 빨라졌다. 이런 식으로 과연 페드로를 찾을 수 있을지 의구심이 들면서도 멈출 수는 없었다. 자정이 되었을 때 나는 근처 한인 민박집을 찾아 들어갔다. 피곤했고 배가 몹시 고팠다. 노골적으로 현금을 요구하는 주인 아주머니 때문에 기분이 상했지만, 좁은 침대 위에 몸을 눕히자마자 잠이 들고 말았다.

다음 날 아침 히스패닉 일용직 노동자들이 많이 모인다는 노던 블러바드와 루스벨트 블러바드의 교차점으로 향했다. 지금 어딘가에서 일하고 있는 게 아니라면 녀석도 분명 다른 일을 구하려 할 것이다. 모인 사람들은 쌀쌀한 아침 날씨에도 서로 인사를 하고 잡담을 나누며 떠들썩하게 하루를 시작하고 있었다. 조금 있으려니까 한국인으로 보이는 동양인이 다가와 쓰리! 하고 손가락 세 개를 들어 보였다. 손을 번쩍 든 히스패닉들이 순식간에 주위로 모여들었다. 몇 마디 이야기를 주고받는가 싶더니, 동양인이 거침없이 세 사람을 선택했다. 동양인은 그들 모두를 은색 승합차에 태워 사라졌다.

남은 자들은 여전히 희희낙락이었다. 잠시 침울할 만

도 하건만, 오히려 뽑히지 않아서 다행이라는 듯한 표
정이었다. 그들은 끊임없이 농담을 지껄이며 마치 영원
히 그 자리에 서 있을 사람처럼 떠들었다. 그러다가도
구인을 하려는 이가 오면 앞 다투어 손을 번쩍 들곤 했
다. 이 모든 것이 그들 삶의 일부, 아니 어쩌면 전부인
것 같았다.

페드로는 거기 없었다.

나는 다시 메인 스트리트로 나가 동네를 돌아다녔
다. 큰길을 빠져나와 동네 구석구석의 길들을 뒤지고
다녔지만 페드로의 흔적은 찾을 수 없었다. 당연한 일
일지도 몰랐다. 영영 찾을 수 없을지도 모른다는 생각
이 들 때마다 나 자신을 다그쳤다. 멈춘다는 건 복수하
지 않겠다는 뜻이고, 복수하지 않겠다는 건 미혜의 강
간을 받아들이겠다는 뜻이다. 미혜의 강간을 받아들
인다는 건 그녀에 대한 내 사랑을 모욕하는 짓이고, 그
사랑을 모욕한다는 건 처음부터 그 사랑은 거짓이었다
는 뜻이다.

맞다. 처음엔 그랬다.

전에 미혜에게 고백한 적이 있다. 미드타운 어느 호

텔 전망대 식당에서였다. 지금은 이름도 가물가물한 그 레스토랑에서 나는 그녀에게 말했었다.

"내가 잘못한 게 하나 있는데, 넌 무조건 용서해줘야 해. 알겠지?"

"알아야 용서를 하지. 무슨 잘못인데?"

"그건 비밀. 그렇지만 이건 말해줄게. 내가 널 좋아한 다는 거."

순간 미혜의 얼굴에 작은 불꽃이 터졌다. 그녀는 내 가 감춘 것보다는 드러낸 것에 감동하는 듯했다. 네 남 편을 불행하게 만드는 것이 내 목표라고, 그래서 너에 게 의도적으로 접근한 거라고, 나는 말하지 않았다. 언 젠가 그걸 알게 돼도 할 수 없는 일이라고 생각했다. 중 요한 건 지금이니까. 너를 사랑하는 내 감정만큼은 가 짜가 아니니까.

처음부터 그랬던 건 아니었다. 교회에서 그녀를 처음 봤을 때의 느낌을 분명히 기억한다. 아, 이런 얼굴을 예 쁘다고 하는 거겠군. 하얀 블라우스에 회색 반바지를 입고 있던 그녀를 보며 생각했다. 부대에서 관물대마다 너덜너덜하게 붙어 있던 연예인 사진을 볼 때처럼 아름

답지만 아무런 감정이 들지 않는 얼굴. 그녀는 자신의 옷처럼 너무 구김살이 없어 보여서 나와는 다른 세계에서 온 사람 같았고, 그 느낌은 이후로도 한동안 이어졌다. 이따금씩 오지웅의 입장에서 그녀를 바라보기도 했다. 자신의 세계에서 벗어나 더 높은 세계의 그녀를 붙잡기 위해 오지웅이 내다팔아야 했을 내면을 생각하면 그를 혐오하기가 쉬웠다. 게다가 그 과정에서 버린 여자가 내 누나고, 존재하기도 전에 죽어버린 게 내 조카임을 생각하면 그가 죽어야 할 이유는 충분했다. 적어도 미혜가 센트럴파크에서 그 일을 당하기 전까지는 그랬다.

나는 걸음을 계속하며 오지웅과 페드로 둘을 동시에 만난다면 누굴 먼저 쏘아야 할지를 상상했다. 최초의 표적은 오지웅이었지만, 지금은 페드로다. 물론 둘 다를 한꺼번에 죽일 수 있다면 더 좋겠지. 목사님이 총을 건네며 세 발이 장전되어 있다고 했을 때 심장이 뛴 것은 그래서일지도 모르겠다. 페드로와 공범을 쏘고 나서도 한 발이 남으니까. 마지막 한 발은 주인을 찾아갈 것이다. 나는 그저 배달원에 불과하다.

오후가 되자 허기가 졌다. 눈에 보이는 대로 아무 다이너에나 들어가 햄버거를 시켰다. 웨이터와 버스보이들, 심지어 다른 테이블 손님들까지 살폈지만 페드로는 없었다. 긴 하루가 될 것 같은 예감에 나는 말라비틀어진 패티가 든 싸구려 버거를 남기지 않고 먹어치웠다. 식사가 끝난 뒤 화장실에 들어가 총을 살폈다. 장갑을 끼고 불빛 아래서 자세히 보니 총신에 누군가의 이니셜이 새겨져 있었다. H. J. P. 나는 한동안 변기 위에 멍하니 앉아 생각했다. 목사님은 이 총을 어떻게 구한 걸까. 이건 누구의 총일까. 한참 뒤에야 그의 마지막 말이 귓가에 맴돌았다.

다치지 마라.

날이 어둑해지나 싶더니 밤이 되었다. 그사이 메인스트리트에서 시작해 노던 블러바드, 루스벨트 블러바드까지 원을 그리며 계속해서 돌았지만 페드로는 발견할 수 없었다. 열 바퀴가 넘어가면서부터 나는 원의 지름을 한 블록씩 넓히기 시작했다. 원이 커질수록 당장이라도 페드로가 튀어나올 것 같은 어두운 뒷골목들이 나타났다.

　차가 드문드문 세워진 주차장 가로등 밑에서 공을 차
고 있는 히스패닉 두 명을 발견한 건 그러고도 꽤 오랜
시간이 지나서였다. 149번가와 프로스펙트 애버뉴가
만나는 곳 근처였다. 자정이 되면 어제 민박집으로 되
돌아가야겠다는 생각을 하고 있던 터라 처음엔 그냥 지
나쳐가려고 했다. 그런데 얼핏 보니 그중 하나의 실루
엣이 페드로와 꼭 닮아 있었다. 인종이 다르면 다 비슷
비슷하게 보이는 경향이 있긴 하지만 불빛에 비친 얼굴
이라든지, 공을 다루는 발재간 같은 것이 놀랍도록 비
슷했다. 나는 일단 장갑을 끼고, 언제든 꺼낼 수 있게
가방을 반쯤 열어 오른쪽 어깨에만 멘 다음 천천히 그
들에게 다가갔다.

　"익스큐즈 미, 혹시 페드로 알아요?"

　먼저 내 쪽을 돌아본 것은 다른 사내였다.

　"내가 페드론데?"

　그러자 내가 페드로라고 생각했던 사내가 가까이 다
가왔다.

　"이 동네 반은 페드로일걸."

하지만 가로등 아래 선 그는 내가 찾는 페드로가 아니었다. 인상을 쓰고 다시 한 번 자세히 살폈지만 역시 딴 사람이었다. 그들은 뭐가 재미있는지 서로 마주 보며 싱글거렸다. 나는 땡큐, 라고 말하고 돌아섰다.

"헤이."

자기 이름이 페드로라고 밝힌 사내가 내 앞을 막아섰다. 내가 페드로라고 착각했던 사내도 축구공을 들고 그 옆으로 섰다.

"니 가방에 뭐가 들어 있는지 좀 봐도 될까?"

대답할 새도 없이 페드로라는 이름을 가진 사내가 끼어들었다.

"가방만 주면 돼. 그럼 넌 안전해."

도망가야겠다는 생각이 든 순간, 페드로를 닮은 사내가 슬쩍 주위를 돌아보더니 축구공을 내 가슴에 대고 세게 밀었다. 몇 발짝 뒷걸음질하다 균형을 잃고 주저앉자, 그들이 천천히 내 쪽으로 다가왔다. 가로등을 등지고 서 있는 탓에 그들의 얼굴 표정이 잘 보이지 않았다. 공은 큰길 쪽으로 천천히 굴러갔다.

"우리는 뺏으려는 게 아냐. 사려는 거지."

둘 중 하나가 뒷주머니에서 일 달러짜리 지폐를 꺼내
내 눈앞에 대고 흔들었다. 둘은 스페인어로 대화를 나
누며 낄낄거렸다. 나는 잽싸게 가방에 손을 넣어 총을
꺼내들었다.

"물러서."

나는 몸을 천천히 일으켰다. 한 놈이 계속해서 낄낄
거렸지만 다른 하나가 그에게 눈짓을 주자 조용해졌다.

"손들어."

엉거주춤 두 놈 모두가 손을 들었다. 그때 뒤에서 뭔
가 터지는 것 같은 소리가 났고, 페드로를 닮은 사내가
그 틈을 타서 갑자기 움직였다. 나는 반사적으로 방아
쇠를 당겼다. 사내가 뒤로 고꾸라지고, 이름이 페드로
인 사내가 알아들을 수 없는 이름을 부르며 그를 부축
했다. 뒤를 돌아보니 소형차 한 대가 축구공을 밟고 서
있는 게 보였다. 뚱뚱한 흑인 여자로 보이는 운전자는
잠깐 우리 쪽을 쳐다보는가 싶더니 빠르게 골목을 빠져
나갔다.

다시 앞을 쳐다봤을 때 페드로는 칼을 들고 있었다.
호신용으로 들고 다닐 법한 작은 접이식 칼이었다. 그

는 소리를 지르며 칼을 몇 번 휘둘러 나를 위협하려 했다. 사내가 몇 발짝 앞으로 다가왔을 때 나는 또 한 번 방아쇠를 당겼다. 가로등에 비친 쓰러진 사내의 얼굴에는 땀인지 눈물인지 모를 액체가 번들거렸다.

총을 가방에 넣고 주차장을 빠져나왔다. 아까 지나간 차가 벌써 어딘가에 신고를 했을지도 모른다. 아니, 이렇게 큰 총소리가 났는데 경찰이 오지 않는다는 건 말도 안 된다. 하지만 급하게 뛰면서 새로운 목격자를 만드는 건 좋지 않은 생각 같았다. 방향을 틀어 빠른 걸음으로 걷고 있는데, 누군가 뒤에서 따라오는 소리가 났다.

"익스큐즈 미."

낯선 목소리가 나를 불렀지만 못 들은 척 대답하지 않고 걸음을 재촉했다. 그러자 얼마 지나지 않아 뛰어오는 발소리가 들렸다.

"헤이."

뒤돌아서자 내 어깨를 친 사내가 보였다. 동양인이었다.

"캔 아이 겟 어 라잇?"

숨을 몰아쉬며 사내가 말했다. 침착해야 한다. 나는
상대의 얼굴을 살폈다. 어두워서 안경을 썼다는 것 말
고는 이목구비가 잘 보이지 않는다. 이 남자는 굳이 왜
나에게 불을 찾는 걸까.

"노."

짧게 대답한 뒤 몸을 돌리려는데 사내가 물었다.

"한국 분이신가봐요?"

나는 잠시 망설였다. 여기서 이 사내와 얽혀 허비할
시간은 없다. 현장에서 최대한 빨리, 가장 멀리 도망가
야 한다. 뛰어갈 방향을 정하려는 순간 사내가 내 손목
을 붙잡았다.

"몇 가지만 좀 물을게요. 혹시……."

나는 본능적으로 그의 손을 뿌리치고 밀쳐낸 다음 뒤
돌아 뛰기 시작했다. 이 새끼는 뭐지? 경찰도 아니고,
페드로 일당의 친구일 리도 없다. 내가 너무 예민하게
반응하는 건가? 그렇다고 하기엔 느낌이 좋지 않다. 사
내의 손아귀에는 분명 적의가 깃들어 있었다.

어두운 주택가를 따라 달리는 동안 뒤에서도 타닥거

리는 발소리가 이어졌다. 진짜인지 환청인지 큰길 쪽에서 희미하게 경찰차 사이렌 소리가 들리는 것 같아 좁은 골목길로 방향을 틀었다. 불이 희미하게 켜진 집 몇 채를 지나자 사람이 살지 않는 것 같은 폐가가 나타났다. 그 뒤론 길이 없었다. 막다른 골목이었다.

"야."

돌아보니 한국인 사내가 허리를 구부린 채 무릎을 붙잡고 있었다.

"니가 한평화지?"

사내는 몸을 일으키며 말했다. 멀리 켜진 가로등을 등지고 선 사내의 실루엣은 왜소하고 볼품없었다.

"말해. 미혜 어딨어."

사내가 거친 숨을 내쉬며 물었다. 나는 그가 누군지 알 것 같았다.

"말하라고. 미혜 어딨어!"

그가 소리쳤다.

"오지웅."

말하는데 입에서 단내가 났다.

"너, 아까 걔네들 쐈지?"

사내가 말했다.

"내가 봤어. 내가 봤다고. 니가 사람 죽인 거. 이 살인자 새끼."

살인이라고?

"살인자는 너야."

나는 낮은 목소리로 말했다.

"뭐?"

"넌 니가 무슨 짓을 했는지도 모르지. 우리 누나와 니아기한테."

오지웅은 무슨 말인가를 하려다 말았다. 나는 엉망이 된 옷을 정리하며 말했다.

"고맙다고 해야 하나? 내가 찾아가야 하는데 찾아와줘서. 너처럼 쓰레기 같은 새끼가 외국 나와서 공부 좀 했다고 으스대는 꼴 보면 우스워. 난 너 같은 인간들 잘 알거든. 겉으로는 온갖 척을 다 하면서 속으론……."

사내가 달려들어 주먹을 날렸다. 중심을 잃고 잠깐 비틀거리긴 했지만 그리 센 주먹은 아니었다. 평생 비겁하게 공부만 한 인간의 주먹이 강할 리 없다. 나는 되돌려주기라도 하듯 사내에게 달려들어 닥치는 대로 얼굴과 목, 배를 때렸다. 약을 먹기 시작한 뒤로 누군가를 때리는 건 처음이다. 무릎으로 낭심을 올려치고 다리를 걸어 쓰러뜨린 다음 주먹으로 내가 맞은 것의 수십 배를 되돌려줬다. 그래, 이 느낌이다. 창자 깊은 곳에서부터 수천수만의 아드레날린이 일제히 발사되는 느낌. 짜릿한 쾌감의 불꽃놀이. 그러는 사이 오지웅의 안경이 박살나고 입술이 터져 피가 흘렀다. 그의 주머니에서 휴대폰이 떨어져 뒹굴었다.

"벌레 같은 새끼."

나는 숨을 고르며 몸을 일으켰다. 때가 왔다. 가방에서 총을 꺼내 누워 있는 오지웅의 심장을 겨눴다. 한쪽 발로 누르고 있는 그의 몸이 경직되는 게 느껴졌다. 기다려왔던 순간이다. 한국에서부터 꿈꾸던 복수의 완성이 눈앞에 있었다. 총에는 마지막 한 발이 남아 있고, 표적은 발밑에 있다. 방아쇠를 당기기만 하면 모두 끝난다. 나는 그의 생명이 내 손가락 하나에 달려 있다는 정복감을 느끼며 잠시 그를 내려다보았다. 오지웅의 두 눈이 초점을 잃고 방황했다.

그때 전화벨이 울렸다.

우렁찬 소리와 함께 액정이 번쩍이는 바람에 하마터면 휴대폰을 쏠 뻔했다. 오지웅의 머리 오른쪽에 놓인 휴대폰엔 미혜의 얼굴이 떠 있었다. 내가 사랑했던, 아니 내가 사랑하는, 인생의 그림자라고는 조금도 드리워지지 않은 환한 얼굴. 그녀의 얼굴은 너무나 비현실적이어서 이 세상의 것으로 느껴지지 않았다. 사진을 찍는 누군가를 향해 그녀는 활짝 웃고 있었고 그건 내가 아니었다. 그녀는 어떻게 내 집을 빠져나왔을까. 중요한 건 그게 아니었다. 진짜로 중요한 건 지금 그녀가 자신의 남편을 부르고 있다는 거였다. 자신을 사랑하는, 자신만을 위해 이 모든 일을 감당하고 있는 내가 아니라. 잠깐 동안 나는 얼어붙은 것처럼 그대로 있었다.

뒤쪽에서 발소리가 들렸다. 고개를 돌리는 것과 거의 동시에 불덩어리 하나가 오른쪽 허벅지에 박혔다. 나는 비명을 지르며 넘어졌다. 오지웅의 몸 위로 다리 하나가 포개졌다. 멀리서 제복을 입은 사내 둘이 이쪽으로 달려오고 있었다. 어둠 속에서 애타게 반복되는 그녀의 호출이 점점 내 심장을 조여왔다.

5

목사 Pastor

책을 덮는다.

사무실 밖으로 거리가 내려다보인다. 도시는 아직 어
둠에 잠겨 있다. 새벽기도가 끝나고 사무실에 돌아와
앉아 있는 이 시간은 하루 중 내가 가장 좋아하는 시간
이다. 밤이 아침이 되는 기적을 볼 수 있기 때문이다.
어둠이라는 고통을 빛이라는 신의 은총이 덮어주는 순
간. 거대한 지구를 돌리는 신비한 힘이 지구상의 모든
존재에게 하루라는 선물을 선사하려는 찰나. 나는 아무
것도 보이지 않는 풍경을 유심히 바라본다. 일 년 삼백

육십오 일 똑같아 보이는 풍경에도 날마다의 결이 있고 달마다의 변화가 있다. 그 출렁이는 매일의 물결을 포착하기 위해서는 늘 깨어 있는 영혼이 필요하다. 준비되어 있어야 한다는 말이다.

책상 한쪽의 라디오를 켠다. 구식이지만 아직 쓸 만하다. 늘 맞춰놓는 클래식 채널에서 바흐의 무반주 첼로 모음곡이 흘러나온다. 혼자 아침을 맞는 순간에 썩 어울리는 음악이다. 창문 밖 저 멀리서 가느다랗게 빛이 들어온다. 신의 손길은 결코 전등 스위치처럼 한 번에 온 오프를 가르지 않는다. 대신 숙련된 첼리스트의 활처럼 언제나 부드럽고 온화하다. 아둔한 자들의 감각으로는 그 변화를 알아챌 수 없을 만큼. 깊은 어둠만이 존재하던 거리에 서서히 희미한 윤곽들이 드러난다. 그러다 어느 순간 거리 끄트머리에서 불이 탁, 하고 켜진다. '강남회관' 간판이다. 자연의 섭리를 거스르는 천박하고 무례한 빛. 새벽기도를 마치고 돌아간 황장로가 아침 장사를 시작할 준비를 마친 게 틀림없다.

일주일 전에도 그는 사무실로 찾아와 한참을 떠들다가 돌아갔다. 담임목사를 만나러 약속도 없이 불쑥 찾아오는 것이 그의 특기라면 특기였다. 담임목사는 그를 경멸하면서도 겉으로는 깍듯하게 대했다. 그도 그럴 것이 그가 내는 헌금이 교회 재정의 1/4 이상을 차지했기 때문이었다. 갑작스럽게 교회에 돈이 필요하거나 헌금이 예산에 못 미쳤을 때 담임목사는 조용히 그를 찾아가곤 했다. 그러면 그는 대뜸 얼마라고요? 하면서 만년필을 꺼내 수표에 모자라는 금액만큼을 써준다는 거였다. 그래서인지는 몰라도 교회와 목회자들을 대하는 그의 태도는 교만을 넘어 안하무인에 가까웠다. 미국에 이민 온 지 사십 년이 되었다는 그는 돈이면 뭐든 할 수 있다는 사실을 진심으로 믿고 있는 것 같았다. 돈이 그의 신이었다.

"패스터 리는 미국 온 지 몇 년 됐나?"

황장로가 소파에 앉아 다리를 꼰 채 물었다. 치켜올라간 양복바지와 짧은 양말 사이로 정리 안 된 보기 흉하게 삐져나와 있었다.

"십 년 조금 넘었습니다."

"아직 얼마 안 됐구먼."

"장로님에 비하면 그렇지요."

"내가 미국 처음 올 때만 해도 말이야. 그러니까 그때가 1974년도였는데, 뭐 진짜 그냥 멋도 모르고 미국으로 왔지. 전에 내가 이 얘기 한 적 있나?"

이제 외울 정도지. 나는 속으로만 답했다. 1974년 무작정 미국으로 와 불법체류자가 되고, 이후 몇 번의 추방 위기를 겪으며 이민국에 손 편지를 써서 극적으로 영주권을 얻은 다음, 맨해튼 교회 앞 금싸라기 땅에 음식점을 열기까지 그가 겪었던 수많은 우여곡절들에 대해서라면 책이라도 한 권 대신 써줄 수 있을 정도였다. 이따금씩 나는 진심으로 궁금해졌다. 자신이 만나는 사람이라면 누구에게나 저 얘기를 하는 그는, 정작 스스로 얼마나 같은 이야기를 반복하는지에 대해선 전혀 깨닫지 못하는 걸까? 기시감이라든가, 이상한 느낌이라든가, 상대의 반응 같은 건 안중에도 없는 걸까? 어쩌면 그 얘기 말고는 어떤 이야기도 할 수 없는 종류의 인간이 되고 만 걸까? 나는 마지막 가정이 맞을지도 모른다고 생각했다. 결국 모든 인간은 하나의 이야기로 요약된다. 그 이야기를 빼앗기면, 그는 죽는다.

그러나 실제로 나를 불편하게 만드는 것은 단순한 이

야기의 반복이 아니었다. 이야기 속에서 황장로가 언급하는 하나님이었다. 그는 자신의 인생역정 한 고비 한 고비를 넘어갈 때마다 신의 이름을 들먹였다. 하나님의 은혜로, 하나님의 선물로, 하나님의 축복으로. 그가 행한 모든 일과 그가 만난 모든 사람, 그리고 그의 삶에 일어난 모든 우연에는 어김없이 하나님이라는 증표가 등장했다. 그의 이야기 속에서 신은 그에게만 한없이 자애로운 절대자였고, 그가 성공하고 돈을 버는 데 방해가 되는 상대자들은 여지없이 망하고 다치고 죽게 만드는 잔혹한 폭군이었다. 하지만 정말 그런가. 그럴 리 없다. 신은 그를 위해 존재하지 않는다. 그가 신을 위해 존재할 뿐.

"그땐 진짜 돈을 많이 벌었어. 은행에 있는 돈 세는 기계 있지? 그걸 세 대나 샀다니까. 상상이 돼? 매일 밤마다 가게 샷다 내리고 마누라랑 같이 그 돈을 세는 거야. 아주 천국이 따로 없었지. 그걸 마대 자루에다 담아서……"

그는 자신의 이야기를 쉼 없이 계속해나갔다. 나는 말을 자르며 물었다.

"장로님, 장로님도 미운 사람이 있으세요?"

"그럼, 있고말고."

그가 눈빛을 반짝였다. 나는 다시 물었다.

"그럴 땐 어떻게 하세요?"

"총으로 쏴버리지."

황장로는 손으로 총 모양을 만들어 쏘는 시늉을 하면서 낄낄거렸다. 내가 크게 따라 웃지 않자 멋쩍었는지 곧 덧붙여 말했다.

"농담인 거 알지?"

아마 그 순간 그와 나의 머릿속엔 같은 장면이 떠올랐을 것이다. 몇 달 전 담임목사와 함께 '강남회관'에 심방을 갔을 때였다. 그는 묻지도 않았는데 보여줄 게 있다며 어디선가 권총을 한 자루 가져왔었다.

"이게 뭔가요?"

담임목사의 질문에 황장로는 의기양양하게 말했다.

"요기, 요기 한번 읽어보세요."

검은색 총신 가운데, 그가 손가락으로 가리킨 곳에 음각으로 알파벳이 새겨져 있었다.

"에이치, 제이, 피?"

"맞아요, 목사님. 제 이름 아닙니까. 황종필."

"그럼 이게 장로님 거예요?"

"그러믄요. 아시다시피 뉴욕이 얼마나 험합니까. 십자가를 크게 걸어놨더니 아주 착실한 줄 알고 우리 가게가 깡패들 표적이야 표적. 거렁뱅이부터 강도까지 순회방문을 하니까 견딜 수가 있어야지요. 아직까지는 하나님의 은혜로 큰 사고가 없었지만 그럴수록 미리미리 준비해야잖습니까."

황장로는 자신의 철두철미함이 대견스럽다는 듯 어깨를 으쓱거렸다.

"진짜 총입니까?"

내가 묻자 황장로는 어이없다는 표정으로 답했다.

"몰라도 너무 모르시네 우리 부목사님. 딱 보면 모릅니까? 진짠지 아닌지? 그리고 나 황종필이가 아무려면 장난감 총 가지고 이럴려구."

"보관을 잘 하셔야겠습니다."

"그건 그렇지. 근데 난 다른 쫌생이들처럼 골방 금고에 넣어두고 그러지 않아요. 도둑이 들어왔는데 언제 거길 들어가 금고를 열고 앉았어? 칼 들이대면 바로 꺼내 쏴야지. 그래서 난 카운터 밑에 둬요. 언제든지 꺼내서 쏠 수 있게."

"괜찮나요? 다른 직원들도 있는데."

"평소엔 거기 작은 서랍식 금고에 넣어두지. 비밀번호가 있으니까."

황장로는 갑자기 목소리를 낮추더니 나와 담임목사 쪽으로 얼굴을 숙이며 말했다.

"근데 번호가 뭔지 알아요?"

"모르죠."

"영혼구원이야 영혼구원. 기발하잖아?"

"그게 무슨 번호예요?"

담임목사가 나 대신 묻고 싶은 걸 말해줬다. 황장로는 그럴 줄 알았다는 듯이 씩 웃으며 말했다.

"참 답답들 하시네."

한평화가 총을 구해달라고 했을 때 처음엔 당황할 수밖에 없었다. 총이라니. 아무리 여기가 합법적으로 총기를 소유할 수 있는 나라라고는 하지만 그렇다고 총이 휴대폰처럼 쉽게 구할 수 있는 물건은 아니었다. 더군다나 나는 자신이 다니는 교회의 목사가 아닌가? 아무리 농담 반 진담 반의 얘기라 해도 그와 나 사이에 얽힌 악연의 끈까지 생각한다면 그런 말을 꺼낸다는 건 상식 밖의 일이었다. 그의 부탁이 남긴 황당함과 불쾌함 때문에 나는 하루저녁을 망쳐버린 것 같은 기분이 들었다.

그러나 조금 더 생각을 해보니 그건 너무도 자연스러운 일이었다. 가계에 흐르는 저주의 피. 목사들이 즐겨 사용하는 고루한 표현이 여기에 들어맞을 줄이야. 저주란 그런 것이다. DNA에 새겨진 악을 피해갈 수 있는 인간은 없다. 한평화는 자신의 운명에 충실한 삶을 살고 있었고, 따라서 그는 오지웅이든 강간범이든 이웃사촌이든 죽여야만 하는 운명을 갖고 태어났다. 총을 달라는 그의 요구는 젖을 달라는 영아의 울음과 다르지 않은 것이다. 그때부터 나는 완전히 다른 방식으로 한평화의 말을 바라보기 시작했다. 그에게 그가 원하는 저주를 전달해주는 일의 아름다움에 관해 생각했고, 세상에 흩어진 고통과 고통을 연결해주는 일의 신성함을 연구했다. 결국 신이 우리에게 주고자 하는 것은 고통이다. 삶이란 인간이 고통을 뭉뚱그려 부르는 방식에 다름 아니니까.

황장로의 총을 한평화에게 쥐여줘야겠다는 생각을 한 것은 며칠 뒤였다. 스스로에게 몇 가지 질문을 던진 후였다. 황장로는 벌을 받아야만 하는 이유가 있는가? 그의 죄는 무엇인가? 회개나 반성의 여지는 없는가? 황장로에겐 여러 가지 죄가 있었다. 교만하고, 사람들을 하대하며, 식당에서 자신이 고용한 히스패닉들을 못살게 구는 것은 모든 사람이 알고 있는 죄다. 여자 종업원들을 상습적으로 성추행하여, 그중 몇몇이 그의 아이를 임신해 해고와 낙태를 강요당한 것은 담임목사를 비롯해 몇몇만이 알고 있는 죄다. 그가 믿고 섬기는 것이 진정한 하나님, 고통을 베풀고 인간을 시험에 들게 하는 신이 아니라 오직 물질적 부와 풍요만을 약속하는 맘몬이라는 것은 나만이 알고 있는 죄다. 회개와 반성의 여지는 없다. 그가 얻은 부와 명예는 그것을 잃을 때를 위해 마련된 고통의 소품일 뿐이다. 나는 차분히 계획을 세우기 시작했다.

먼저 담임목사에게 황장로의 우연한 방문을 알렸다.

목적 없는 방문이었지만, 목적을 묻는 담임목사에게 나는 황장로가 특별헌금을 하려는 눈치였다, 라는 식의 진위 파악이 불가능한 거짓말로 담임목사의 기대를 높였다. 그는 내 앞에서 황장로에게 전화를 걸어 가게 오후 휴식 시간이 시작되는 삼십 분 뒤로 약속을 잡았다. 나는 사무실 창문을 통해 교회 건물로 들어오는 황장로를 확인한 뒤, 문 닫힌 담임목사 집무실을 지나 '강남회관'으로 걸어갔다. 가게 문을 열자마자 조미료에서 나오는 들큼한 국물 냄새가 엉기듯 달라붙었다. 안면이 있는 매니저 호세가 나를 알아보며 반갑게 인사했다. 나는 그에게 지난번 교회 모임 때 서비스로 준 요리에 감사를 표하며 청년부 이름으로 종업원들에게 커피를 쏘고 싶다고 했다. 호세는 반기면서도 황장로가 언제 올지 모른다며 난색을 표시했다. 나는 그에게 황장로가 담임목사와 미팅 중이며, 최소한 삼십 분 정도 여유가 있으니 내가 가게를 봐주는 동안 얼른 좀 쉬고 오라고 귓속말을 했다. 비밀은 내가 지켜주겠다고. 호세는 곧 달뜬 스페인어로 종업원들을 불러 모으더니, 내가 쥐어준 이십 달러짜리 지폐 두 장을 들고 가게를 나섰다. 손을 흔드는 나를 돌아보며 윙크를 하는 센스도 잊지 않았다.

카운터 앞에 서서 아래를 살피니 황장로 말대로 소형 금고가 있었다. 조그마한 키패드로 네 자리 번호를 맞추고 손잡이를 돌리는 방식이었다. 《새번역 성경》에는 영혼구원이라는 말이 총 아홉 차례 등장한다. 그중 네 자리 숫자를 만족하는 건 두 개뿐이다. 나는 먼저 시편 42편 11절을 넣어보기로 한다. 내 영혼아 네가 어찌하여 그렇게 낙심하며 어찌하여 그렇게 괴로워하느냐. 너는 하나님을 기다려라. 이제 내가 나의 구원자 나의 하나님을 또다시 찬양하련다. 4-2-1-1. 그러나 금고는 꿈쩍도 하지 않는다. 이번에는 이사야 61장 10절이다. 주님께서 나에게 구원의 옷을 입혀주시고 의의 겉옷으로 둘러주셨으니 내가 주님 안에서 크게 기뻐하며 내 영혼이 하나님 안에서 즐거워할 것이다. 6-1-1-0. 역시 열리지 않는다. 이상하다. 손에 땀이 고이기 시작한다. 나머지 세 자리 숫자들에 0을 넣어 시도해봤지만 모두 실패였다. 이제 십 분 후면 종업원들이 돌아올 것이다. 마음이 급해졌다. 영혼구원이라는 게 대체 뭘까. 나는 황장로가 그 말을 하던 순간을 떠올렸다. 무슨 의도였을까. 뭐가 숨겨져 있을까. 그러나 곧 그 인간의 깊이가 결코 깊지 않다는 사실을 깨닫는다. 가장 단순한 것. 가장 쉬운 것. 가장 유치한 것. 영-원-구-원.

0-1-9-1.

손잡이를 돌리자 정답을 알리는 짧은 기계음과 함께 금고가 열렸다. 나는 준비해간 파우치에 지문이 묻지 않도록 조심해서 총을 넣은 다음 양복 안주머니에 넣었다. 물리적으로도 심리적으로도 가슴이 든든해졌다. 영혼이 아니라 영원이야. 끼워 맞추기는. 나는 숫자에 억지 의미를 부여한 황장로를 비웃으며 돌아온 종업원들을 맞았다. 어쨌든 이 총이 황장로의 바람을 이뤄줄 것이다. 영혼이든 영원이든, 뭔가를 구원할 것이다.

한평화에게 총을 구했다는 전화를 걸고 나서 녀석이 오기를 기다렸다. 담임목사 사무실에 들어갔던 황장로는 한 시간이 넘어서야 가게로 돌아갔다. 교회 전화벨이 울릴 때마다 혹시나 하는 마음이 들어 신경이 쓰였지만 황장로에게선 전화가 오지 않았다. 없어진 걸 알아차리는 데만 해도 시간이 꽤 걸릴 것이고, 알게 되더라도 교회에 전화할 생각은 꿈에도 하지 못할 것이다. 그가 자신의 권총을 발견하게 되는 건 텔레비전 뉴스를 통하는 게 더 빠를 것이다.

한참 뒤에서야 한평화에게 전화가 왔다. 녀석은 강미혜까지 같이 오고 있으며, 그녀를 자기 집에 대신 좀 데려다달라고 했다. 나는 몇 블록 떨어진 창고 앞으로 접선 장소를 바꿨다. 교회 앞에서 누군가의 눈에라도 띄면 분명 이상하게 보일 터였다. 차를 먼저 빼서 그쪽에 대고 녀석이 탄 택시를 기다렸다. 밤이 그리 깊지 않았는데도 인적이 드물었다.

마침내 옐로캡 한 대가 도착했다. 어떻게 된 건지 깊이 잠든 강미혜는 시체처럼 무거웠다. 한평화와 그녀를 부축해 차에 옮겨다놓고, 다시 운전석에 올랐다. 발끝에 비닐봉지에 넣어둔 총이 걸렸다.

"여기 있다."

비닐봉지를 건네자 한평화는 총을 어떻게 구했느냐고 물었다. 대답 대신 나는 주위를 둘러보며 얼른 넣으라고 말했다.

"고맙습니다."

녀석은 고개를 숙였다. 고마워할 필요는 없다. 나는 속으로 대답했다. 가서 네가 하고 싶은 일을 해라. 그리고 네 몫의 고통을 어서 찾아가라. 지문이 남지 않게 조심하라고 일러두긴 했지만 남겨도 별 상관은 없었다. 황장로가 뒤집어쓰든 한평화가 죗값을 받든 나로서는 동일한 결과일 뿐이다. 두 사람 중 누구에게 죄의 값이 돌아갈지는 오직 신만이 알고 계신다. 신의 뜻은 무지한 인간으로 하여금 고통을 겪고 알게 하는 것. 구체적 고통이 무엇인지, 누가 어떤 고통을 겪게 될지 인간으로선 알 수 없다. 나는 그저 메신저일 뿐이다. 배달부는 소포를 뜯어볼 수 없다.

"어디로 가는 거냐?"

소포를 전하며 나는 물었다.

"플러싱이요."

녀석이 말했다.

"어디 사는지 알아?"

"몰라요."

"가서 어쩔 셈이냐?"

"찾아야죠."

"지금이라도……"

지금이라도 네 아비의 죄를 네가 대신 뉘우친다면 이 총을 주지 않을 수도 있다는 말을 하려다가, 그만두고 말았다. 내 부모의 죽음은 내게 주어진 몫의 고통이다. 지금 내가 그렇듯, 한평화의 아비 역시 신의 뜻을 충실히 전달한 배달부일지도 모르는 것이다. 녀석과 나는 그저 신이 설계한 고통의 사슬 속에 함께 묶여 있는 것에 불과하다. 그 사슬은 벗어날 수도, 벗어나서도 안 되는 영원한 우주적 숙명이다.

"다치지 마라."

총을 들고 내리는 그에게 마지막으로 말했다. 다치지 마라. 다치지 말고 오래오래 살아서, 네게 예정된 이 고통을 하나도 남김없이 모두 맛보아라. 사이드미러 속에서 멀어지던 한평화가 어두운 골목 저편으로 사라졌다.

강미혜를 태우고 업타운으로 향하는 길은 평소와 달리 차가 많지 않았다. 뒷좌석이 신경 쓰여 액셀러레이터를 밟을 때마다 힘 조절에 신경을 썼다. 룸미러에 달려 있는 나무십자가가 천천히 좌우로 흔들렸다.

한평화의 주소가 거짓이라는 건 한수진을 통해 알고 있었다. 녀석은 모르겠지만 나는 녀석이 플러싱에서 머물렀던 민박집 주소까지도 알고 있다. 녀석은 내가 어떤 사람인지 모른다는 점에서, 또 알려고 노력하지도 않는다는 점에서 어리석은 인간이었지만 동시에 내겐 이용하기 좋은 도구였다.

센트럴파크 근처에서 신호에 걸려 정차했을 때 나는 룸미러로 뒷좌석에 정물처럼 놓여 있는 여자를 바라보았다. 강미혜. 나는 그녀가 어떤 사람인지 깊이 알지 못한다. 하지만 적어도 어떤 부류의 인간인지는 말할 수 있다. 사는 동안 제대로 된 고통이라고는 단 한 번도 느껴보지 못한 부류. 대학에 떨어지거나, 감기에 걸리거나, 애인과 헤어지는 것이 고통의 전부라고 생각하는 부류. 자신이 경험한 것 이상의 세계는 알지 못할뿐더러 굳이 알아야 하는 이유를 찾지도 않는 부류. 좁은 세계에 갇혀 있다는 점에서 그녀는 한평화와 닮은 구석이 있다. 두 사람이 눈 맞아 바람이 난 것도 우연만은 아닐 거라고 내가 믿는 이유다.

간통하는 자들에게 신은 예전부터 호의적이지 않았다. 그렇다고 그들 모두가 마땅히 받아야 할 벌을 받은 것은 아니었다. 사람들은 늘 그들이 천벌을 받을 거라고 했지만 실상 그렇지도 않았다. 요즘 같은 시대에는 이제 간통을 죄라고 부르는 것조차 민망해졌다. 수많은 종류의 간음과 간통이 사랑이나 로맨스라는 미명하에 허락되고 있으니까. 그러나 분명히 그들에게 내려지는 천벌이 있다. 그건 마음의 지옥이다. 누군가를 사랑하면 불행해진다. 사랑은 마음 깊은 곳의 지옥으로 들어가는 문이다.

지갑에는 아직도 아내의 사진이 들어 있다. 정확히 말하면 가족사진이다. 나와 아내, 그리고 쌍둥이. 아내는 유산을 한 게 아니라 조산을 했다. 갑작스런 진통이 시작되자 병원으로 향했고, 제왕절개수술 끝에 우리는 무사히 딸 둘을 얻었다. 문제는 그다음부터였다. 아내는 눈에 띄게 불안해하기 시작했다. 누군가 찾아와 자신과 아이들을 죽일 거라는 말을 끊임없이 반복했다. 부모님을 죽인 인간은 감옥에 있다고 말했지만 그녀는 매번 고개를 저었다. 나는 서점을 열기 위해 동분서주

하고 있던 즈음이었으므로 그녀의 증상이 짜증스러웠다. 그게 지독한 산후우울증이었다는 것을, 나는 어느 화창한 봄날 오후 그녀가 아이 둘을 안고 아파트 베란다 너머로 뛰어내린 후에야 알게 됐다. 포스트잇에 짧게 휘갈겨 쓴 유서에는 이것이 아이들과 자신을 살인자로부터 지키기 위한 유일한 길이라는 말이 적혀 있었다.

두 번째 장례를 치르고 비로소 나는 혼자 남겨졌다. 아버지, 어머니, 아내와 두 아이들. 내 인생에서 가장 중요한 사람들이 너무 짧은 시간 동안에 타의와 자의로 엇갈려 사라졌다. 서점 계약을 취소하고 짐을 정리하기 위해 집에 들어왔다가, 나는 아내가 언젠가 서 있었을 베란다에 섰다. 눈앞에는 또 다른 아파트, 풍경이라고도 이웃이라고도 할 수 없는 감옥 같은 장애물이 버티고 있었다. 나는 완전히 혼자였다. 감당하기엔 너무 벅찬 일들이 남아 있었고 그중에서도 가장 벅찬 건 내가 살아 있다는 거였다. 나만 살아 있다는 거였다. 그들 모두가 죽어야 하는 이유가 있다면 내가 살아남아야 하는 이유는 무엇인가? 나는 그저 평범하게 살아왔을 뿐, 세상에 남아 있어야 할 그 어떤 이유도 없는 사람인데.

그때 나는 몸을 던지려고 했다. 아내를, 아이들을, 그리고 부모를 따라가려고 했다. 어차피 인생이란 언젠가는 끝나고 마는 것. 그게 지금이든 내일이든 몇십 년 후든 다를 바 없으리라 생각했다. 그런데 숨을 고르며 뒷걸음질 하는 몇 초 사이, 문득 그런 생각이 들었다. 만약 이 고통이 내 삶의 이유라면? 나는 이런 일을 당하기 위해 존재해온 거라면? 신의 뜻에 대해 생각하자 이상하게 마음이 요동쳤다. 도무지 뛸 수가 없었다. 그래지지가 않았다.

한국에서의 삶을 깨끗이 정리하고 무작정 미국으로 건너온 건 몇 주 뒤였다. 닥치는 대로 일을 하고, 어렵사리 신학교에 들어갔다. 부모의 이야기, 아내의 이야기는 누구에게도 하지 않고 공부만 했다. 사람들과의 대화 속에서 아내는 집을 비웠거나, 한국에 갔거나, 늘 아팠다. 때로 관계가 깊어지면 나는 내 사연에 대해 조심스럽게 털어놓았다. 이야기를 들은 대부분의 사람들은 나를 위로했다. 몇은 눈물을 보이기도 했고, 진심으로 아파하는 것처럼 보이기도 했다. 하지만 일련의 사

166

건 이후 내가 무엇 때문에 살고 있는지에 대해서는 아무도 묻지 않았다. 내가 왜 죽지 않았는지에 대해 물어보는 이가 없었던 것처럼.

한평화의 집은 할렘 변두리의 다 쓰러져가는 아파트였다. 뉴욕엔 아직도 2차 세계대전 전에 지어진 프리워(prewar) 건물들이 있는데, 여기도 그중 하나인 듯했다. 차를 세우고 뒷좌석의 강미혜를 업어 계단을 오르기 시작했다. 여자의 몸과 이렇게 가까이 맞닿아 있는 것은 꽤 오랜만이었다. 그녀의 엉덩이를 잡은 손이 자꾸 미끄러져 몇 번이나 자세를 고쳐 잡아야 했다. 무게 때문인지 피가 평소보다 빠르게 도는 느낌이 났다.

4층에 있는 방 앞에 도착하자 등에서 땀이 흘렀다. 문에 어색하게 기대어 한평화가 준 열쇠로 문을 열었다. 집 안으로 들어서자 한 사람이 겨우 생활할 만한 좁은 공간이 나왔다. 나는 강미혜를 조심스럽게 바닥에 내려놓고 의자에 앉아 숨을 돌렸다. 옆으로 누운 그녀의 몸은 아름답게 굴곡져 있었다. 문득 저 얇은 옷 안에 어떤 육체가 숨어 있을지 궁금하다는 생각이 들었다.

창자 아래에서부터 간지러운 기운이 온몸으로 퍼져나
갔다.

　그것이 신의 마지막 유혹이라는 것을 깨닫기까지는
그리 오랜 시간이 걸리지 않았다. 그녀를 범하는 순간
나는 고통의 사자가 아니라 고통의 일부가 될 것이다.
평생 벗어나고자 했던, 겨우 빠져나왔다고 생각하는 지
옥 속으로 재차 끌려들어가고 말 것이다. 삶은 신이 고
통으로 우리를 부르는 초대장이다. 나는 초대장을 전하
기만 할 것이다. 결코 다시 초대받지는 않겠다.

　나는 의자에서 일어나 도구를 찾았다. 그녀가 깨어나
면 한평화가 자신을 납치했다고 생각할 것이다. 납치를
더욱 그럴듯하게 만들 수 있는 것들, 그에게 덮어씌울
것들이 필요하다. 부엌 서랍에서 흰색 끈을 찾아냈다.
강미혜의 손을 끈으로 묶고 입에는 화장실에 있는 수건
을 둘렀다.

　열쇠로 문을 잠그려다가 문틈으로 강미혜를 보았다.
잠든 그녀의 표정은 일그러져 있었다. 이제부터 너도
진정한 삶을 살기 시작할 것이다. 나는 손을 깊숙이 넣
어 도어체인을 잠갔다.

자정부터 새벽까지, 밤새 라디오를 켜고 사건 사고 뉴스에 귀를 기울였지만 기대했던 소식은 들려오지 않았다. 한평화는 아직 탐색 중일 테고 강미혜 역시 그곳에 여전히 감금돼 있을 터였다. 다음 날 오후가 되어서야 낯선 사내로부터 전화가 걸려왔다.

"강미혜를 아시나요?"

수화기 저편 사내가 물었다. 나는 그가 누구인지 금세 알아챘다.

"알고 있습니다."

하지만 강미혜보다는 당신에 대해 더 잘 알고 있지. 나는 속으로 말했다. 오지웅. 한수진이 그토록 자세히 적어 보낸 사내였다.

"아내가 어제 집에 들어오지 않아서요. 혹시 교회에 무슨 행사가 있나요?"

사내의 목소리는 다급하게 들렸다.

"아뇨, 없습니다."

"그렇군요. 알겠습니다."

사내는 풀죽은 목소리로 전화를 끊으려 했다. 나는 그를 붙잡았다.

"오늘 시간이 괜찮으십니까?"

저녁에 만난 그는 예상보다 선해 보이는 인상이었다. 맨 위까지 채운 셔츠 단추와 유행 지난 패턴의 체크 니트는 누가 봐도 공부하는 사람 같아 보였다. 기척도 없이 내 앞에 다가와 서 있는 그를 발견하자 나도 모르게 그의 이름이 튀어나왔다.

"오지웅 형제님?"

그는 의외라는 듯이 답했다.

"제 이름을 아시는 줄은 몰랐네요."

화제를 돌리기 위해 나는 그를 앉히고 강미혜에 대한 이야기를 꺼냈다. 교회에서 한평화와 그녀 사이에 좋지 않은 소문이 도는 것은 사실이었다. 그 얘기를 은연중에 퍼뜨리고 있는 사람이 나라는 점만 빼면. 오지웅의 두 뺨이 점점 더 붉어지는 것을 유심히 지켜보며 나는 이야기를 계속했다.

"두 사람이 카페에서 다정하게 이야기하는 걸 봤다, 손을 잡거나 팔짱을 끼고 걷는 걸 봤다, 심지어는 호텔 로비에서 봤다는 사람도 있습니다."

"그렇다고 단정 지을 순 없잖아요?"

오지웅이 인상을 썼다.

"맞습니다. 그래서 조심스러운 것이죠. 저도 이 소문이 오해이기를 바랄 뿐입니다. 미혜 자매가 어서 돌아와주었으면 하고요."

나는 한발 물러섰다. 지나치게 그를 자극해서 좋을 건 없다.

"그 친구, 어디 사는지 아시죠?"

그는 한평화의 주소를 알려달라고 말했다.

"찾아가봐야겠습니다."

그러나 오지웅에게 진짜 한평화 집을 알려줄 수는 없었다. 지금 그곳에 가면 그는 자신의 아내를 만나게 될 것이다. 갇혀 있는 아내가 자신을 구하러 온 남편을 발견한 순간 두 사람의 고통은 안도와 기쁨으로 바뀔지 모른다. 옳지 않은 결말이다.

지금 오지웅에게 필요한 것은 한평화의 집주소가 아니라 자신의 죄에 합당한 고통이다. 그것이 바로 신이 나를 통해 그에게 전달하려는 선물이다. 오래 사귄 여자 친구를 버리고 유복한 집안의 여자를 만나 결혼한 것, 사랑했던 사람과 헤어지는 순간에도 자신의 욕망만을 채운 것, 애인이 피땀 흘려 마련한 돈을 한마디 말도 없이 가져가버린 것…… 한수진을 통해 이미 내가 알고 있는 것만으로도 그는 더 많은 고통 속으로 들어갈 충분한 자격이 있다. 나는 그를 데리고 한평화가 적어낸 거짓 주소로 향했다.

음악이 멈추고 라디오에서 뉴스 속보가 흘러나오기 시작한다. 퀸스 플러싱에서 두 명이 총에 맞아 숨지는 사건이 발생했으며, 용의자는 아시아계 남성이라는 보도다. 나는 볼륨을 조금 더 높인다. 거울에 비친 거리는 아까보다 한결 밝아져 있다. 희생자들의 이름은 페드로 로드리게스와 마리오 오르티즈. 이로서 두 사람의 피가 흘려졌다. 부모님을 죽인 한평화 아비의 죄가 그 아들에 의해 대물림되는 순간이다. 가계에 흐르는 저주의 피. 피는 피로 씻겼다.

팔을 위로 쭉 뻗어 기지개를 펴고 의자에서 일어난다. 창문을 조금 열었더니 코끝으로 차가운 공기가 느껴진다. 가을에서 겨울로 넘어가는 즈음 떠다니는 대기의 냄새. 이 냄새를 맡을 때마다 떠오르는 하나의 장면이 있다.

부모님이 칼에 찔려 비명횡사했다는 소식을 듣고 고향에 내려갔을 때, 범인을 찾는답시고 반 실성해서 마을을 돌아다닌 적이 있다. 아직 여러 감식 결과들이 나오지 않아 범인을 외부인으로 추측하고 있을 때였다. 목격자라도 찾으려고 마을을 돌다가 밤을 새워버렸다. 날이 밝는 것을 보고 있자니 울화통이 터지고 눈물이 쏟아졌다. 이대로 끝나야만 할 것 같은 세상이 아무 일 없다는 듯 태연하게 시작되는 게 도무지 견딜 수가 없었다.

그때도 이 냄새가 났다.

모든 것이 죽어가는 계절이 오고 있음을 알리는 먼 북소리 같은 냄새. 뭔가 타는 것 같기도 하고 군내 같기도 한 냄새. 나는 낙엽이 뒹굴고 있는 흙길에서 한참 동안 냄새를 맡고 서 있었다. 그러다 발길 닿는 대로 마을의 마지막 집 근처에 들어섰는데, 이상하게 낯이 익었다. 한평화와 한수진의 집이었다.

어스름한 새벽, 좁은 마당에 놓인 살평상 위에 한 사내가 앉아 있었다. 그는 술을 마시고 있었는데, 근처에 흩어져 있는 소주병들로 미루어보아 밤새 퍼마신 듯했다. 그때 알았다. 그가 한수진과 한평화의 아버지라는 걸. 집에 있는 적이 드물어 가끔 한두 번씩 마주친 게 전부인 사내. 눈앞의 얼굴은 기억 속 얼굴보다 훨씬 더 늙어 있었다. 그는 나를 기억이나 할까. 눈빛이 매서워 말 붙이기조차 어려웠던 그에게 나는 용기를 내어 물었다.

"혹시 저 윗집 이 씨네를 찌른 사람 보셨습니까?"

사내는 내 말을 들었는지 못 들었는지 몇 번 반복해서 소주병을 들이켜더니, 혼잣말처럼 뭐라고 중얼거렸다.

"뭐라고요?"

내가 가까이 다가가 다시 묻자, 그는 멍한 얼굴로 나를 쳐다보며 말했다.

"좆겉네."

나중에 모든 것이 밝혀지고 그가 범인으로 지목되어 붙잡혔을 때, 다시 물어볼 기회가 있었다. 나는 왜 그랬느냐고, 대체 이유가 뭐냐고 물었다. 그는 입을 다물었다. 나를 제대로 쳐다보지도 않았다. 내가 내 부모를 죽인 사내에게서 들은 유일한 대답은 그것뿐이었다.

좆겉네.

이후 신이 나를 위해 준비한 고통의 롤러코스터를 다 타고 난 뒤, 나는 어떤 책을 알게 되었다. '고통의 문제'라는 제목이 마음에 들었다. 한국을 떠나면서 나는 한수진과 한평화의 고향집 주소로도 책을 한 권 보냈다. 그들이 읽기를 원해서는 아니었다. 심지어 나조차 그 책을 다 읽지 않았다. 그저 그들에게 뭔가를 전해주고 싶었을 뿐이었다. 일종의 경고 같은 거랄까. 잊지 말아라. 기억해라. 너희 아비가 시작한 이 고통의 문제를.

어느새 사무실로 환한 빛이 쏟아져 들어온다. 적막했던 거리를 깨운 인파와 차들이 소란스럽게 움직인다. 창문을 닫으며 나는 생각한다. 어쩌면 어둠이야말로 진정한 신의 은총 아닌가. 빛이 우리에게 밝혀주는 것은 고통뿐이지 않은가. 우리가 진정으로 평안을 얻을 때는 잠들어 있을 때뿐이다. 빛 속에서 눈을 뜨고 하루가 시작되는 순간, 우리의 삶은 여지없이 고통으로 붉게 물들어버리고 만다. 〈전도서〉가 말하듯 태어나지 않은 것이 축복이다. 낙태된 자가 복되다. 아침은 저주다.

나는 그의 마지막 말을 다시 생각한다. 좆겉네. 그 말을 들었을 때 나는 무서웠다. 그가 부모의 목숨으로도 모자라 나까지 죽일까 두려웠다. 하지만 이제 나는 다른 생각을 한다. 어쩌면 그도 두려워하고 있던 건 아니었을까. 무슨 짓을 해도 아침은 밝아온다는 사실을 감당할 수 없었던 건 아닐까. 그가 남긴 말을 가만히 중얼거려본다. 좆겉네. 좆겄네. 즛겄네…… 열 번쯤 하다 보니 다른 단어가 튀어나온다. 죽겄네.

단 한 번도 끝까지 읽지 않은 책, 책상 위에 놓여 있는 '고통의 문제'를 집어 든다. 아마 나는 영원히 책을 끝내지 못할 것이다. 대신 책 뒤쪽 여백에 적혀 있는 이름만은 계속해서 늘어갈 것이다. 세상 사람들에게 고통을 전해주기 위해 신이 선택한 사자인 내가 그 사명을 온전히 감당했음을 알려주는 빛나는 트로피들. 그 맨 위에는 한수진과 한평화가 있고, 맨 아래에는 황종필의 이름이 있다. 이 이름들은 그들이 영원한 고통의 세계에서 안식을 취하게 될 때까지 결코 지워지지 않을 것이다.

이제 새로운 여행자들을 맞을 시간.

나는 그들의 얼굴을 떠올리며 펜을 찾아든다. 그리고 책을 펴서 오지웅과 강미혜의 이름을 적어넣는다.

에필로그

주차장에 차를 세우자 미혜가 먼저 내렸다. 공항으로 오는 동안 그녀는 한마디도 하지 않았다. 나는 시동이 꺼진 뒤에도 한참 있다가 차에서 내렸다. 초록색 집카 마크가 선명한 차는 며칠 전 탔던 것과 같은 모델이었다. 재수가 없다고 생각했다.

공항 안으로 들어가자 전광판 앞에 서 있는 미혜가 눈에 들어왔다. 나는 일부러 천천히 걸었다. 그녀에게 하고 싶은 말이 너무나 많았지만 어떻게 시작해야 할지 몰라 좀처럼 말을 꺼내지 못했다.

"손은 괜찮아?"

미혜가 고개를 끄덕였다.

그날 밤 미혜는 외출에서 돌아오던 이웃 주민에 의해 구조되었다. 끈으로 묶여 있던 손을 풀기 위해 여기저기 부딪힌 탓에 멍이 들고 상처가 났다. 플러싱 뒷골목에 쓰러져 있던 나는 경찰이 한평화를 체포한 뒤 병원으로 옮겨져 간단한 치료를 받았다. 몇 바늘 꿰맨 것 말고는 다행히 크게 다친 곳은 없었다. 경찰관 둘이 병원까지 따라와 일어난 일에 대해 꼬치꼬치 캐물었다. 그들에게 나는 한평화를 모르는 사람이라고 진술했다.

미혜의 부모가 탄 비행기는 이제 막 착륙해서 수속을 기다리는 중이었다. 내리고 떠나는 비행기들의 상태를 알리는 전광판 옆에서 텔레비전 뉴스가 흘러나오고 있었다. 플러싱에서 일어난 히스패닉 총기 살인사건이 주요 뉴스였다. 내가 누워 있던 막다른 골목에 폴리스 라인이 쳐져 있는 자료화면이 등장했다. 금발의 앵커는 현장에서 체포된 아시아계 남성 외에 다른 아시아계 남성이 용의선상에 올랐으며, 그는 육십 대의 총기 소유주라고 보도했다. 전문가를 불러 근래 플러싱에서 불거지고 있는 인종 간 갈등에 대해 심층 분석을 하기도 했다. 나는 하나의 뉴스가 또 다른 뉴스로 끊임없이 교체되는 것을 가만히 지켜보았다.

마침내 서울발 뉴욕행 비행기의 승객들이 자동문 너머로 하나 둘 모습을 드러냈다. 미혜는 맨 앞쪽에 서서 문 쪽을 뚫어지게 쳐다보았다. 먼저 나온 사람들에게 마중 나온 가족들이 달려가 포옹을 했다. 나는 기다리는 인파 뒤에 멀찍이 서서 텔레비전과 자동문을 번갈아 바라보았다. 미혜의 뒷모습이 눈에 들어오자 문득 앞으로 그녀와 계속해서 살아갈 수 있을지가 궁금해졌다.

순간 저 멀리 장인 장모와 닮은 노부부의 모습이 스쳤다. 앞에 서 있던 미혜가 손을 번쩍 들며 엄마! 하고 외쳤다. 나는 멀어져가는 미혜를 바라보며 한평화에 대한 그녀의 말이 어디까지 사실일지를 생각했다. 친한 친구였다는 말을 믿을 만큼 나를 순진하게 보는 건가. 내가 추궁하자 그녀는 한수진의 이름을 댔다. 오빠도 나와 다를 바 없으니 더 이상 서로를 피곤하게 하지 말자고 했다. 그건 협박이었다.

나를 발견한 장인이 손을 흔들었다. 미혜는 장모와

팔짱을 꼭 낀 채 걸어왔다. 나는 고개를 숙여 인사를
했다.

"자네 얼굴이 왜 그런가?"

장인이 혀를 차며 말했다. 내가 얼버무리자 그는 한
숨을 쉬며 나를 안았다. 강한 남성 화장품 냄새가 코를
찔렀다. 화려하게 차려입은 장모는 고개를 까딱하는 것
으로 인사를 대신했다.

"그럼 우리 뭐 먹으러 갈까? 일단 첼시마켓 쪽으로
가서……"

미혜가 헛구역질을 한 건 그때였다. 본인을 포함해
모두가 놀랐다. 장인은 크게 웃었고 장모는 나를 곁눈
질하며 팔꿈치로 툭 쳤다.

"어머, 얘들 좀 봐. 좋은 소식이 있으면 부모한테 제
일 먼저 알려야지?"

입국장을 빠져나오며 나는 녀석에게 맞은 부위가 욱
신거려 턱 아래쪽을 손으로 매만졌다. 주차장으로 향하
는 내 뒤를 세 사람이 쫓아왔다. 미혜는 정말 임신을 한
걸까. 그렇다면 그건 누구의 아이일까. 살인자라는 한
평화의 말이 머리 한구석에 총알처럼 박혀 있었다. 차

를 향해 걷는 걸음이 자꾸만 무거워졌다.

돌아가고 싶지 않은 도시가 나를 기다리고 있었다.

이 소설을 처음 세상에 내보인 지 7년이 흘렀다. 오랜 시간이 흐른 뒤 다시 읽어보니 미숙하고 부끄러운 부분이 많았다. 마음만큼 흡족하게 다 고치지는 못했지만, 새로운 이야기를 만드는 것보다는 흠을 줄이는 쪽에 초점을 맞추어 다듬었다. 기존 형태를 최대한 유지하는 것이 이 소설을 쓰던 당시의 작가에게 할 수 있는 최선의 존중이라는 생각에서였다.

우여곡절이 많았던 원고였다. 오래 쓰고 고치고, 인

물들을 넣었다가 빼고, 계약했다가 파기하는 등 원고 안팎에서의 고통이 여럿 있었다. 무엇을 써도 잘 풀리지 않았던 시절, 원고를 받아준 은행나무에 감사드린다. 덕분에 개정판이라는 이름으로 한 번 더 책의 생명을 연장하게 된 것 같아 기쁘다.

전에 '여기에 빠진 것은 나 자신의 이야기'라고 작가의 말에 썼는데, 결국 그 이야기는 이후 〈초급 한국어〉라는 오토픽션을 통해서 하게 되었다. 트루먼 커포티의 표현을 빌리자면 나에게 이 두 소설은 각각 앞문과 뒷문으로 나간 형제처럼 느껴진다. 사람들은 앞문으로 나간 아이를 주목할지 모르지만 내 마음은 뒷문으로 나간 아이에게 남는다.

뉴욕에서 돌아온 이후 지난 십여 년간 나는 한 번도 다시 그곳에 가보지 못했다. 7년 전 이 소설을 마치고 비로소 그 불빛에 작별을 고할 수 있었다면 지금은 재회의 기쁨을 꿈꾸어야 할 때가 아닌가 싶다. 여전히 이뤄지지 못한 꿈들 사이를 지나고 있지만, 이제 나는 안다. 우리의 P는 고통(pain)으로 시작해서 안녕(peace)으로 끝난다는 것을.

2023년 가을

문지혁

미국에서 처음 얻었던 윌셋집은 허드슨 강 너머로 맨해튼이 건너다보이는 산기슭에 있었다. 독립전쟁 당시 조지 워싱턴이 뉴욕을 방어하기 위해 지은 요새의 이름을 딴 동네에서, 나는 밤마다 줄넘기를 하거나 산책을 간다는 핑계로 밖에 나왔다. 때로는 아무 일 없이 초병처럼 가만히 서서 강 건너를 오랫동안 바라보기도 했다. 손에 쥔 것은 아무것도 없었지만 반드시 이뤄야 할 것이 있다고 생각하던 시절이었다. 그때마다 도시는 닿을 수 없는 어떤 곳, 가상의 존재, 잡히지 않는 환영처

럼 느껴졌다. 환하게 빛나는 강 너머의 도시는 밤바람
이 불 때마다 등불처럼 흔들렸다.

모든 이들의 꿈이 모여 폭죽처럼 터지는 도시에서 내
가 발견한 것은 뜻밖에도 '고통'이었다. 뭔가를 이루고
자 하는 욕망의 뒷면에는 여지없이 고통이 있었다. 누
군가 말하지 않았던가. '모든 현관문 뒤에는 아픔이 있
다'고. 그때 이 이야기의 씨앗을 떠올렸다. 낯선 도시에
서 벌어지는, 현관문에서 현관문으로 이어지는 고통의
연쇄와 상호작용에 관한 이야기를.

다 쓰고 나서 돌아보니, 어쩌면 이 소설은 어느 누구
의 이야기도 아닌 도시 그 자체에 관한 이야기라는 생
각이 든다. 여기 등장하는 누군가들은 그저 하나의 부
분(part)이고 관점(perspective)이며 사방으로 흩어진 퍼
즐(puzzle)일 뿐, 이들이 모여 만드는 도시라는 이름의
거대한 모자이크는 여전히 미완성이다. 여기에 빠진 것
은 나 자신의 이야기인데, 아무래도 그건 빈칸으로 남
겨두는 편이 좋겠다.

뉴욕에서 세 번의 겨울을 보내고 나는 서울로 돌아왔다. 어느새 그 도시에서 살았던 시간만큼의 시간이 다시 흘렀다. 쌀쌀한 날이면 이따금 비탈길 위에서 바라보던 도시를 떠올린다. 차가운 강바람 속에서 등불처럼 흔들리던 그 도시. 어쩌면 도시는 끝내 이뤄지지 못한 꿈들 때문에 눈부셨던 건지도 모르겠다. 삶은 고통이 있어 빛나고, 우리는 부서지기 때문에 아름다우니까.

이제 그 불빛에 정말로 작별을 고해야 할 시간이다.

2016년 2월

문지혁

P의 도시

1판 1쇄 발행 2016년 3월 8일
개정 1판 1쇄 발행 2023년 10월 31일

지은이 · 문지혁
펴낸이 · 주연선

(주)은행나무
04035 서울특별시 마포구 양화로11길 54
전화 · 02)3143-0651~3 | 팩스 · 02)3143-0654
신고번호 · 제 1997—000168호(1997. 12. 12)
www.ehbook.co.kr
ehbook@ehbook.co.kr

ISBN 979-11-6737-368-7 (03810)